tascabili

Laila Wadia

Amiche per la pelle

edizioni e/o

Tutti i personaggi e i luoghi
citati in questo libro sono
invenzioni dell'Autrice

© Copyright 2007 by Edizioni e/o
Via Camozzi, 1 – 00195 Roma
info@edizionieo.it
www.edizionieo.it

Prima edizione Tascabili e/o marzo 2009
Prima ristampa Tascabili e/o marzo 2011

Grafica/Emanuele Ragnisco
www.mekkanografici.com

Impaginazione/Plan.ed
www.plan-ed.it

ISBN 978-88-7641-921-8

Trieste ha una scontrosa
grazia. Se piace,
è come un ragazzaccio aspro e vorace,
con gli occhi azzurri e mani troppo grandi
per regalare un fiore [...].

UMBERTO SABA

Capitolo primo

C'è un silenzio surreale in via Ungaretti numero 25, stasera. È lo stesso mutismo che serpeggia nella stanza dei bambini quando i genitori litigano sul serio. Papà se ne va sbattendo la porta, la mamma scoppia in lacrime e i bambini, con gli occhi sbarrati dietro alla porta semichiusa, si sentono una stretta al petto che quasi impedisce loro di respirare.

Il centro storico di Trieste incorpora tre tipologie di case. L'elegante Borgo Teresiano, voluto dall'imperatrice Maria Teresa d'Austria, sfoggia imponenti palazzi color pastello, grondanti di bassorilievi e statue allegoriche. Queste meravigliose opere del Pertsch, del Berlam, del Nobile e del Righetti ora ospitano prestigiose banche, compagnie d'assicurazioni, studi notarili e lussuose dimore della borghesia triestina. Poi c'è la Città Vecchia con le sue vie strette in un abbraccio popolano, le sue palazzine degradate, una volta note ai più per via delle donnine allegre che vi esercitavano la loro professione, casa e bottega in cinquanta metri quadri. Ora, grazie all'aiuto della Comunità Europea, questa zona è stata sottoposta a un restyling, come si usa dire, per fare più chic. Le donnine allegre sono ormai un lontano ricordo. Sono state rimpiazzate da altrettante nigeriane e trans brasiliani che esercitano en plein air nei dintorni della stazione ferroviaria. Da poco questo quartiere, ribattezzato Zona Urban, ospita solo atelier e boutique, alberghi di charme e attici alla portata esclusivamente di professionisti dal gusto eclettico.

Sebbene si trovi a ridosso di queste due aree, via Ungaretti appartiene a una terza fascia del centro storico, quella di cui parrebbe che sia il sole sia il Comune si siano dimenticati.

I pochi palazzi cenerentola di quest'*androna* muffosa rimangono in perenne attesa della bacchetta magica. Sperano di svegliarsi una mattina e trovare il principe azzurro che bussi alla porta con la scarpetta in mano. Ma per l'amministrazione locale via Ungaretti e le due strade parallele sono come un paio di calze con i buchi. Ogni tanto, quando si ricorda della loro esistenza, si ripromette di trovare il tempo per rammendarle. Nel frattempo le nasconde in fondo all'armadio, dietro alla biancheria di seta.

Tuttavia, al mondo ci sono persone che si devono accontentare anche delle calze vecchie. Perciò, armati di tanta volontà, con un filo di cotone di un colore che c'entra poco ma è l'unico disponibile, quelli che abitano queste case hanno fatto del loro meglio per rattopparle.

A differenza delle altre case nella via, che si appoggiano l'una contro l'altra come i vecchi nell'autobus per non cadere, la palazzina al numero 25, una volta color malva, è a sé stante. È tozza e sciatta, come una donna che si è lasciata andare con gli anni, ed è una luce triste quella che traspare oggi dai suoi occhi velati di lacrime.

Di solito le sue finestre offrono tre tipi di illuminazione. Al primo piano, grazie ai lampadari di carta di riso con draghi acrobatici della famiglia Fong, la luce è rossa e soffusa. L'appartamento accanto è sfitto, e la signora Fong (o Meigui, più nota come Bocciolo di rosa) spera un giorno di poterselo permettere. Ora i ragazzi (tra figli e nipoti per il momento ne ha sei) sono piccoli e si arrangiano come possono, ma quando cresceranno avranno bisogno di più spazio. Poi c'è la suocera, sempre in casa tra i piedi.

Al secondo piano, a sinistra, la luce ricorda un cimitero a

novembre. Più che una lampadina, sembra che il signor Rosso accenda un lumino. La finestra accanto appartiene alla famiglia albanese dei Dardani, e stare a casa loro è come essere dentro Star Trek – solo neon, blu e verdi.

Al terzo piano abitiamo noi, i Kumar, originari di Sholapur, in India, e a destra la famiglia Zigović, profughi bosniaci (composta da Slobodan, detto Bobo, sua moglie Marinka e i due gemelli). Qui le finestre sembrano fuochi d'artificio. Entrambi gli appartamenti hanno lampadine a 100 watt che penzolano da fili neri come degli impiccati.

A parte i Fong, nessuno in questa palazzina sembra amare i lampadari o fare uso di tapparelle.

Capitolo secondo

Il silenzio odierno ha un motivo ben preciso, anzi due, e non so quale sia il più importante. Oggi, all'età di ottantasette anni, il nostro padrone di casa è passato a miglior vita. Era un grande uomo il signor Zacchigna – più grande di statura che di cuore, direbbe mio marito, ma almeno nella mia cultura ai morti si perdona tutto.

All'inizio il signor Zacchigna mi incuteva una paura folle con il suo monito secco:

«Niente sporcizia, niente schiamazzi, pagare l'affitto in tempo. Altrimenti via!».

L'ho sentito ripetere la stessa frase con la sua voce da sturalavandino almeno venti volte con altrettante persone, perché il vano scale della palazzina fa da cassa di risonanza.

Con gli anni ho capito che il signor Zacchigna non era un tipo malvagio, al contrario. Non è da tutti affittare le case agli extracomunitari. Molta gente non si fida. Pensano che il passatempo preferito degli immigrati sia distruggere le dimore per poi scappare via senza pagare l'affitto. Il signor Zacchigna mi sorrideva sempre e ogni qualvolta gli portavo le quattrocentomila lire in contanti, entro e non oltre il 5 del mese, mi parlava in terza persona e diceva: «Ecco la brava signora Kumar che mi porta l'affitto». Erano la sua imponente statura, i capelli bianchi tagliati da marine, gli occhi color ghiaccio e la voce possente nonostante l'età a conferirgli quell'aria da guerriero vichingo. Perfino quando sorrideva sembrava feroce, e se ti stringeva la mano te la stritolava come uno spicchio d'aglio nel mixer.

Capitolo terzo

Marinka, la mia vicina di casa bosniaca, mi suona alla porta. È ancora vestita di nero e ha gli occhi gonfi. Ho appena messo a dormire mia figlia Kamla, e la invito dentro a prendere una tazza di tè. Mio marito Ashok è già andato al lavoro. Fa il cameriere al ristorante indiano Ganesh dalle dieci di mattina alle tre del pomeriggio e poi dalle sei fino a quando l'ultimo cliente non se ne va, perciò la sera sono quasi sempre sola in casa con la bambina. A volte Marinka o Lule, la mia vicina albanese, mi fanno compagnia. Bocciolo di rosa non si unisce mai a noi perché, come Ashok, anche lei e suo marito lavorano al ristorante, il Drago d'Oro. Io faccio la casalinga e la mamma. Kamla ha solo cinque anni. Quando sarà più grande forse mi troverò un impiego perché, anche se con il lavoro di Ashok riusciamo a risparmiare qualcosa sul mangiare, ogni giorno diventa più difficile mandare avanti una casa con uno stipendio solo.

* * *

Quando ho sposato Ashok otto anni fa non sapevo niente né di lui né dell'Italia. Ero solo una ragazza di vent'anni, mingherlina e con due trecce nere che mi arrivavano fino a mezza coscia. Un giorno mia madre mi ha ordinato di andare al salone di bellezza vicino casa per farmi una pulizia del viso e spuntarmi i capelli, perché quella sera sarebbero venute delle persone a conoscermi. Anche se non ho fatto altro che versare un po' di tè al cardamomo, tenendo gli occhi sempre bassi e facendo molta attenzione che il drappo del sari di seta celeste non mi scivolasse giù dalla testa, si vede che ai genitori di Ashok sono piaciuta, perché tre settimane dopo mi sono trovata sposata e sballottata da Sholapur a Trieste. Ovviamente tutto questo è stato possibile e organizzato così di fretta perché i nostri astri combaciavano alla perfezione. L'astrologo ha proclamato la nostra eterna felicità e ricchezza, a patto che la cerimonia avvenisse prima della stagione delle piogge. Da noi, in India, i matrimoni dipendono per prima cosa dagli auspici del cielo, poi dal volere dei genitori, quindi dallo status economico e sociale della sposa, dalla sua carnagione più o meno chiara, dalla statura, dall'età e dal grado di fertilità del suo grembo. I sentimenti non contano niente. L'amore verrà o, se non proprio l'amore, il rispetto e la tolleranza. Altrimenti a cosa serve consultare l'oroscopo?

Capitolo quarto

«Il signor Zacchigna era un gentiluomo» dice Marinka con un singhiozzo che la fa tremare come un budino. Marinka ha il cuore fatto di mozzarella, basta un niente e si scioglie. Quando guardiamo Maria de Filippi alla televisione, diventa una fonduta.

Annuisco senza dire niente.

«Hai letto la Lettera?» mi domanda.

Annuisco di nuovo. «Che iena! Le ceneri di suo padre non si sono ancora raffreddate e lui già si fa avanti» commento con amarezza.

In India anche i parenti più avidi aspettano che siano trascorsi dieci giorni dalla morte prima di farsi avanti per l'eredità. Nel frattempo si dice che l'anima del defunto sia ancora nel limbo, tra terra e cielo, e potrebbe offendersi e vendicarsi alla vista di tanta ingordigia.

«E cosa ne pensi? Che cosa ha detto Ashok?» chiede Marinka.

«Aspettiamo che arrivi Lule e poi ne parliamo» rispondo, versando il tè dal pentolino in due tazzine fiorite e aggiungendo lo zucchero. Quando viene Lule gliene preparerò dell'altro. Il tè alle spezie – acqua e latte in parti uguali, bollito con cannella, cardamomo e chiodi di garofano – deve essere sempre fatto sul momento, altrimenti sa di fango.

«Solo il signor Lo So sarà contento» borbotta Marinka stringendo al petto la tazza fumante.

Sorrido malgrado il momento funesto. Lo chiamiamo tutti così, ormai: il signor Lo So.

Capitolo quinto

Tre anni fa Bocciolo di rosa e il signor Rosso hanno avuto una lite furibonda sulle scale a proposito della misteriosa fine di alcuni gatti che frequentavano il portone della nostra palazzina. Via Ungaretti, che finisce in un vicolo cieco e assopito, era diventata il lunapark dei gatti di quartiere per via degli abbondanti sacchi di immondizie su cui farsi le unghie e dei topi con cui giocare.

Il signor Rosso dava in escandescenze, mentre Bocciolo di rosa, in risposta alle sue domande, balbettava in continuazione: «Ma signol Lo So, ma signol Lo So».

«Sai che cosa, diamine!» ha urlato il signor Rosso. «Come hai potuto? Dimmi, come hai potuto fare una cosa del genere! È disumano! Ma che razza di donna sei?».

«Ma signol Lo So, ma signol Lo So...».

«Capisco i gatti vecchi o sciancati, ma come hai potuto cucinare quel gattino bianco con le chiazze marroni sulle orecchie?».

«Ma signol Lo So, ma signol Lo So...».

«Sai dire qualcos'altro oltre "lo so", negra?».

«Io non mangiale gatto! Tuo gatto molile, mistel Lo So. Gatto di stlada fale vita difficile e molti molile. Capito, signol Lo So?». Bocciolo di rosa parlava con voce tremante.

«Pensavo che solo i vicentini erano *mania gatti*. Ora so che anche voi sporchi negri mangiate gatti per sfamare i milioni di musi neri che mettete al mondo come conigli!».

Io e Marinka, che sbirciavamo la scena dal piano di sopra, eravamo piegate in due dalle risate. Il signor Rosso, unico triestino del nostro palazzo, è uno scapolo, all'epoca sulla settantina, invalido civile dall'età di vent'anni. Cosa abbia che non va nessuno lo ha mai saputo. Si mette a zoppicare un giorno al mese, quando si reca alla posta per ritirare la pensione. Per il resto cammina come una persona normale e vive da solo nel suo appartamento pieno di mobili e libri d'epoca. Il perché è rimasto signorino risulta chiaro due secondi dopo aver fatto la sua conoscenza. Oltre alla sua non magnifica presenza (sembra un piccione spennato), come se non bastasse ha un temperamento da pentola a pressione con la valvola difettosa. Il signor Rosso ce l'ha con il mondo intero. Passa il tempo a fumare una Diana dopo l'altra, a imprecare contro i politici locali, i friulani, gli istriani, quelli di Monfalcone, i preti e gli extracomunitari. Finché era in vita la sua mamma, ha vissuto succhiandosi il pollice e nascondendosi tra le pieghe della sua gonna. Da lei ha ereditato i mobili antichi stile impero che ora tiene stipati uno accanto all'altro nel suo piccolo appartamento, togliendosi così anche l'aria per respirare. Appena morta la mamma, il signor Rosso ha venduto il suo appartamento e ha investito i soldi in banca, poi è venuto a stare in affitto in via Ungaretti. Non ha altri parenti al mondo, o almeno non ne abbiamo mai saputo niente.

Il signor Rosso ha un unico passatempo di tipo sociale: è un gattaro. Usa la sua cospicua eredità e la generosa pensione da invalido civile per sfamare i gatti randagi del quartiere con scatole di Whiskas che compra al discount vicino casa.
Il signor Rosso non vede di buon occhio nessuno degli inquilini di via Ungaretti 25. Detesta le sinistre e imputa a loro tutta la sua sfortuna di dover convivere con un branco di "negri". Il fatto che nessuno di noi sia davvero nero di pelle non conta affatto. Lui si rivolge anche al signor Fong dicendo «quel muso nero, *mania gatti*». Niente o nessuno può con-

vincere il signor Rosso che i Fong non catturano un gatto al giorno per cucinarlo in salsa agrodolce.

«Ma signol Lo So, mio malito lavola listolante. Lui avele cibo quanto vuole».

Bocciolo di rosa cercava in tutti i modi di convincerlo che, nonostante la famiglia numerosa, non era responsabile della scomparsa dei gatti randagi.

«Appunto. Ve li portate al ristorante. Così li spacciate per pollo. Eh, siete furbi, voi negri. Ma a me non mi fregate, eh no, cara, non me la date proprio a bere. Io sento i miagolii chiari e forti che vengono dal tuo appartamento all'ora di pranzo».

«Ma signol Lo So, lei sentile bambini. Stanno con suocela e lolo fale caplicci, capisci?».

«Capisco un cazzo quando parli, donna! Ah, allora è tua suocera che cucina i gatti per sfamare quel branco di piccoli negri!».

Non c'è verso di convincerlo del contrario. Lui ce l'ha con i Fong per tanti motivi: il più grave è che Bocciolo di rosa deve essere per forza il serial killer dei suoi adorati gatti. Il secondo è la spartizione della bolletta dell'acqua.

Il nostro è uno stabile vecchio stile, di quelli costruiti in funzione della gente che vive in un luogo gelido ma non ha il riscaldamento, e perciò è restia a venire a contatto con l'acqua. I gabinetti sono in comune sul pianerottolo e c'è un unico contatore dell'acqua nell'atrio. Il padrone di casa ci addebita una quota uguale per famiglia, e al signor Rosso la cosa non va giù. Lui sostiene di non consumare nemmeno una goccia d'acqua: non cucina, non si lava né lava i suoi vestiti, al massimo tira lo sciacquone tre volte al giorno. Non è giusto che lui paghi la stessa quota dei musi neri *mania gatti* che sono stipati in nove in un appartamento di cinquanta metri quadri e fanno scorrere fiumi d'acqua dalla mattina alla sera. In parte ha ragione. Tante volte anche noi abbiamo pensato di chiedere di rivedere la ripartizione delle spese condominiali, ma poi come al solito le nostre lamentele si sono risolte in un nulla di fatto.

* * *

Io sono stata bersagliata dalla misantropia del signor Rosso il primo giorno che ho messo piede in via Ungaretti 25. Sentendo i rumori che accompagnano un trasloco, ha aperto la porta del suo appartamento con uno scatto e mi ha fissato con i suoi occhi grigi e acquosi. Aveva addosso un pigiama a quadratini azzurri e bianchi nonostante fossero quasi le undici del mattino. Il mozzicone della sua inseparabile Diana gli pendeva dalle labbra come un foruncolo ardente. Aveva il riporto grigio che gli penzolava dalla parte sbagliata come un topo morto. Ho fatto un sussulto e per un momento ho pensato che fosse pazzo.

«Cazzo, altri neri» ha borbottato.

Mi trovavo in Italia da pochi giorni e non capivo bene la lingua, per di più ero giovane e ingenua.

«Io mi chia-mo Shan-ti Ku-mar» gli ho risposto, scandendo le parole e allungando la mano. «Mio marito è Ash-ok Kumar. Abit-teremo terzo piano. Piacere di co-no-scer-la, signor Cazzo Altrineri».

Dopo quel primo incontro, il signor Rosso ha girato alla larga da me. Non che lui frequenti gli altri o ci scambi due chiacchiere. Bussa alla porta come un martello pneumatico se deve lamentarsi di qualcosa. Annuncia il suo disappunto: «Negri! Fate silenzio, sono le sette di sera e sto dormendo!», sbatte la porta appena concluso il suo discorso, senza concedere all'accusato la benché minima difesa, e se ne va picchiando forte le sue ciabatte di lana sulle scale di pietra.

Di tutti gli inquilini il signor Rosso degna di attenzione solo due persone: Lule e mia figlia Kamla, che chiama Camilla. Le rispetta perché sono le uniche a non avere timore di lui.

Lule è una donna forte e non ha paura di niente e di nessuno. Ha dovuto lasciare i suoi tre figli in Albania con la suocera per venire in Italia a seguito del marito. A Durazzo non c'è molto lavoro per un uomo onesto, sostiene. Nessuno sa che impiego ha suo marito, l'ingegnere Besim Dardani. È sempre in giro per l'Italia con degli amici. Qualunque cosa faccia gli deve rendere un sacco di soldi, perché Lule è sempre vestita da gran signora, come se fosse pronta per andare alla prima di una rappresentazione teatrale. Lule ha un cuore d'oro, però. Dice sempre che le fa tanta pena il signor Rosso, tutto solo in casa a fumare le sue Diana e a leggere libri vecchi e polverosi. Mangia poco e male, e tabacca incessantemente.

Capitolo sesto

Fino al giorno dell'incidente, Lule e il signor Rosso, che hanno il gabinetto in comune, si scambiavano solo qualche parola quando si incrociavano sul pianerottolo. Non erano grandi conversazioni, come si può ben immaginare. Di solito si trattava del signor Rosso che imprecava contro il Dardani di turno in bagno.

Un giorno, però, il signor Rosso si è fratturato un piede. Ha detto di essere inciampato sul marciapiede, ma la suocera di Bocciolo di rosa giurava d'averlo visto dare un calcio a una motocicletta parcheggiata proprio sopra il piattino con il Whiskas che aveva messo fuori per i gatti. Per autodifesa, quasi, la moto gli era caduta sopra la gamba. Già prima il signor Rosso non mangiava altro che salumi, formaggi e pane. Adesso che era ingessato e non poteva uscire di casa, non avrebbe avuto neanche quelli.

Il giorno dopo che la Croce Rossa lo ha riportato a casa, Lule gli ha bussato alla porta.

«Non ci sono. Andatevene, testimoni del diavolo!» ha urlato il signor Rosso.

«Sono la signora Dardani, la vicina di casa. Mi apra, per favore» ha cinguettato Lule.

Un rombo sordo si è infilato sotto al battiscopa, è uscito dall'altro lato ed è esploso in faccia alla donna albanese: «Vattene, negra. Tornatene al tuo paese e lasciami in pace».

«Non me ne vado finché non apre questa porta» ha ribattuto Lule cambiando tono.

Dopo parecchio tempo ha sentito i rumori di qualcuno che si alzava dalla sedia e strisciava verso la porta.

«Embè?». Il signor Rosso ha aperto la porta con veemenza. «Che vuoi?».

«Le ho portato un po' di minestra di fagioli e della verdura cotta».

«Perché?» ha domandato il signor Rosso. Il suo volto si era ingessato di incredulità.

«Perché lei non può uscire di casa, e io mica la posso lasciare morire di fame. È già ridotto pelle e ossa, si guardi allo specchio! Non fa altro che fumare tutto il giorno senza mangiare niente!».

Il signor Rosso è rimasto senza parole dinanzi al piglio autoritario di Lule.

Approfittando del temporaneo mutismo del vecchio, Lule ha infilato la testa oltre la porta e si è guardata intorno. Nessuno aveva mai visto l'interno della casa del signor Rosso prima di allora. Era un tale caos che perfino un ladro si sarebbe spaventato. C'era della polvere depositata sui mobili stile impero da quando li aveva ereditati, credo. Dalla cucina proveniva uno strano odore. Lule si è tirata su le maniche della maglia ed è entrata nell'appartamento del signor Rosso con sguardo da ora-decido-io. Ha chiesto dove teneva l'aspirapolvere, il secchio, il mocio e il detersivo, ma il signor Rosso era sprovvisto di tutto e aveva solo una scopa. Nel giro di quattro ore Lule ha spazzato via dieci anni di ragnatele e l'odore di stantio dall'appartamento. Il signor Rosso nel frattempo si era ritirato nella sua stanza e se ne stava rannicchiato a letto con la sua consunta antologia di poeti fascisti, rilegata in pelle rossa tutta screpolata.

«Ho capito il tuo trucco, sai!» ha gridato a Lule. «Ho capito tutto. Non sono mica così rimbambito! Non ti darò niente in cambio per quello che stai facendo!».

Lule sorrideva tra sé e sé. Dalla stanza da letto sentiva borbottare: «Chi se ne frega delle pulizie! Sono vissuto benissimo senza per dieci anni, e ora viene questa negra a dirmi cosa fare. Bah! Vedrai che faccia farà quando non le darò niente».

Lule non gli ha badato. Ogni tanto interrompeva la lettura del vecchio per domandargli dove mettere questo e dove trovare quello.

«Pussa via! Mettilo dove ti pare, donna! Non vedi che sto leggendo?».

«Può leggere dopo. Avrà tutto il tempo poi. Non fa altro che leggere e fumare e bestemmiare. È vita questa?».

«Ma chi ti ha dato il permesso di ficcare il naso, eh? Ti ho chiamato io, forse? Ti ho detto di venire a rompermi le scatole? Che vuoi da me? Perché non mi lasci in pace?».

«Perché lei è solo e vecchio, e non voglio averla sulla coscienza se muore!».

«E perché? Mica sei mia moglie».

«Ma sono la vicina di casa».

«Io me ne frego se tu vivi o crepi. Anzi, sarei felice se crepasse soprattutto quella *mania gatti*, così almeno i miei gatti camperebbero in pace».

Lule ha annuito lentamente. «Lo so, le credo. Ma non siamo fatti tutti uguali. A me importa degli altri, anche di quelli ingrati come lei. E d'ora in poi farò in modo che questa casa sia sempre pulita e che lei mangi decentemente. Mi ha capito? E non lo faccio per soldi. Non voglio niente in cambio».

Il signor Rosso ha mugugnato qualcosa tipo: «Vedremo. Non mi farò mettere i piedi in testa dall'ultima negra arrivata», ma ha messo giù il suo libro e ha mangiato di gusto la minestra di fagioli e le verdure che Lule aveva scaldato e portato su un vassoio.

Da quel momento Lule è diventata una delle grucce del vecchio signor Rosso.

L'altra gruccia è mia figlia Kamla.

Capitolo settimo

È successo l'anno scorso, quando i gemelli di Marinka, Peter e Dragan, allora di sette anni, hanno suonato alla nostra porta per chiedere se potevano portare Kamla a giocare con loro. Ho acconsentito. I ragazzi stanno spesso e volentieri insieme. La mia piccola Kamla ha una cotta per i gemelli. I tre sono spariti tutto il pomeriggio, pensavo fossero a casa di Marinka a giocare. Verso le cinque del pomeriggio ho sentito un gran frastuono – un canto natalizio, urla di varia intensità, porte sbattute, e il marchio di fabbrica del signor Rosso: un bel «Cazzo, negri!».

Incuriosita, sono scesa per le scale con passi felpati. Fuori dalla porta del signor Rosso ho visto mia figlia Kamla sull'attenti nella sua tuta da ginnastica da Barbie rosa, due treccine che le accarezzavano le spalle, occhi fissi davanti a sé e bocca spalancata a cantare: *Siamo i tre re, venuti tutti e tre...*

«Pss, pss, Kamla, vieni via! Vieni giù Kamla, corri!». Peter e Dragan, che erano corsi giù fino all'atrio, la supplicavano sbracciandosi. «Ti strangolerà! È cattivo! È il lupo mannaro!».

Kamla, noncurante della minaccia, continuava il suo canto come un disco rotto.

La porta del signor Rosso si è aperta con un cigolio. Il vecchio ha messo la testa fuori e ha guardato mia figlia con gli occhi sbarrati, pensando di incuterle timore.

Kamla lo fissava negli occhi, sorridendo.

«Ciao!» ha detto con la sua vocina dolce come lo zucchero filato.

Il signor Rosso si è lisciato i capelli che aveva arruffato appositamente per sembrare matto e farle paura.

«Ciao» ha risposto sbigottito.

«Vuoi che canto per te?».

«Kamla, vieni via!» sussurravano i ragazzi con crescente agitazione.

«Non hai paura di me?» ha domandato il signor Rosso. «I tuoi amici sono terrorizzati. Io sono un vecchio pazzo che mangia i bambini che danno fastidio!».

«Veramente?» ha risposto Kamla. Sembrava non dare molta importanza alla cosa. «Allora canto?».

«Non credere che ti darò dei soldi. Non ti darò proprio un bel niente. Un ceffone, al massimo, se mi rompi ancora le scatole».

«Non voglio soldi. Dài un euro a Peter, se puoi. Lui si comprerà uno yo-yo con i soldi che guadagniamo».

«Una bella bastonata darò a quel negro vigliacco, che è sgusciato via lasciandoti qua da sola! Sei una bambina coraggiosa. Ma veramente non hai paura di me?».

Kamla ha lasciato che le sue treccine dondolanti rispondessero per lei.

«Be', allora comincia. Sicuramente canterai meglio di quei negri a Sanremo, tutti raccomandati. Ma ricordati che non ti darò niente. Perché vuoi cantare se non ti do un fico secco in cambio?».

«Puoi diventare mio amico anche se sei povero» ha spiegato Kamla con tutto il candore dei suoi quattro anni.

«Tuo amico? Ma sai quanti anni ho?».

Kamla ha scosso la testa.

«Posso essere tuo nonno».

«Io non ce l'ho un nonno, qui. I miei nonni sono in India».

«Meglio che stiano a casa loro. Non abbiamo bisogno di altri negri qua. Giusto?».

«Giusto» gli ha fatto eco Kamla.

«Come ti chiami?».

«Kamla».

«Camilla. Bene. Almeno non hai un nome da negra. Conosci Ungaretti?».

«Sì».

«Veramente? Be', cosa conosci di Ungaretti? Sentiamo».

«Via Ungaretti 25».

A questa risposta spontanea il cuore granitico del signor Rosso si è sciolto. Dal petto gli è uscita una risata, una risata che aveva soffocato per chissà quanti decenni. Come il tappo di una bottiglia di spumante, è esplosa ed è traboccata sulle scale – su e giù – destando grande curiosità nei ragazzi di Marinka, accucciati dietro l'armadio a muro dei contatori. A quel punto mi sono fatta avanti.

«Kamla, lascia in pace il signor Rosso. Vieni a casa, dài, muoviti!».

«È il mio nuovo nonno, mamma» ha miagolato mia figlia.

Il sangue mi si è gelato nelle vene. Non per l'affetto che mia figlia sembrava già nutrire per il burbero signor Rosso, ma per la reazione di quest'ultimo. Finché si scherzava magari stava al gioco, eravamo quasi a Natale, il tempo di essere buoni. Ma forse Kamla aveva invaso la sua riservatezza. E temevo che lui potesse traumatizzare la mia bambina mollando una delle sue solite urla bucatimpani.

«La lasceresti venire a casa mia qualche volta?» mi ha domandato timidamente il signor Rosso. «Non sono mica un orco, sai. Posso insegnarle la letteratura, le poesie. Ungaretti, ad esempio».

Non sapevo cosa rispondergli. Avrei dovuto dirgli che dovevo prima consultare mio marito. Ma alla vista degli occhi imploranti di quell'uomo che aveva gettato via l'armatura da cattivo per la prima volta, mi si è intenerito il cuore. Oltretutto Kamla avrebbe tratto giovamento dal parlare con una persona italiana. Una persona estremamente colta, poi.

Kamla inizierà la scuola a breve e sono abbastanza preoccupata perché non parla tanto bene l'italiano e noi non possiamo darle una mano. Mi sono sempre ripromessa di parlare in italiano con lei, ma quando Ashok rientra a casa è così naturale parlare in hindi che quasi mai riesco a mantenere i miei buoni propositi.

E così Kamla ha trovato un nonno, e il signor Rosso ha scoperto una fonte di giovinezza.

Capitolo ottavo

Dopo qualche tempo mio marito Ashok ha cominciato a obiettare che Kamla passava troppi pomeriggi in compagnia del signor Rosso. In realtà la vera ragione del suo disappunto è un enorme complesso di inferiorità. Dopo tanti anni trascorsi in Italia, si sente ancora a disagio perché ha fatto solo la scuola elementare. Teme che, crescendo qui in occidente, un giorno sua figlia si vergognerà di avere un padre poco colto, semplice cameriere al ristorante indiano Ganesh.

Ho cercato di farlo ragionare. A nostra figlia avremmo sempre insegnato che la bontà, l'onestà e il duro lavoro contano più dei titoli di studio. Le avremmo anche spiegato il vero significato della parola rispetto – sia per i suoi genitori sia verso gli altri. Non c'era niente da temere. La scuola non l'avrebbe cambiata se non in meglio. Una buona istruzione era il più grande dono che potevamo dare a nostra figlia.

Io sono una ragazza istruita e credo che la famiglia di Ashok mi abbia scelta senza fare storie sulla dote proprio per questo motivo. A un figlio immigrato è più utile una donna che ha studiato invece che cinque chili d'oro. Può diventare una fonte di ricchezza perpetua.

«Sta imparando tante cose, sai. È davvero brava. Farà un figurone quando andrà alla scuola elementare. Non eri preoccupato anche tu che avrebbe avuto difficoltà a causa della lingua? Bene, non devi più temere. Lei parla l'italiano meglio di te e me messi assieme. Meglio del marito ingegnere di Lule, anche. Sa pure delle poesie a memoria. Poesie di Ungaretti». L'orgoglio di mamma rivestiva d'oro zecchino le mie parole.

«Ungaretti? È una persona? Pensavo che fosse un posto, come Fernetti».

«È un poeta italiano».

«E si scrive come il nome della via?».

«Sì, la strada è stata dedicata proprio a lui. Fattene recitare una, stasera. Vedrai quanto sarai orgoglioso di tua figlia».

E gli ho raccontato come Kamla era venuta a casa tutta eccitata dopo aver imparato la sua prima poesia.

Capitolo nono

«Mamma, mamma, ho imparato tutta una poesia. Posso dirtela? Posso? Mi stai ascoltando?».
Ho messo giù la pentola che stavo lavando, mi sono asciugata le mani e mi sono seduta, facendole cenno di mettersi sulle mie ginocchia.
«Quanto sei cresciuta!» ho notato con la voce piena d'emozione, sciogliendole le treccine che erano diventate lasche. «Sentiamo questa poesia, allora».
«Mattina». Kamla è saltata giù dal mio grembo e si è messa sull'attenti. «M'illumino d'immenso».
Ho inclinato leggermente la testa, guardandola con affetto. Aspettavo che continuasse.
Lei mi fissava in silenzio.
«E poi? Come continua?».
«È tutto, mamma».
Poverina, è tanto piccola, ho pensato. Non è colpa sua se non si ricorda una poesia in una lingua che tra l'altro non è la sua. Non devo rimproverarla, devo spronarla a fare meglio.
«Bene, brava. Forse la prossima volta il signor Rosso ti insegnerà il resto» ho detto con tono incoraggiante. «Vieni a mangiare i *samosa*, ora. Li ho appena fritti».
«Ne so anche un'altra».
«Davvero?». Intanto le preparavo un piatto con del *chutney* verde come intingolo per i *samosa*. «Sempre di questo Ungaretti?».
«Sì. Questa si chiama Soldati».
Kamla si è messa a tavola e con la bocca piena di patate

piccanti in sfoglia di grano ha declamato: «Si sta come d'autunno sugli alberi le foglie».

«Ah, che brava la mia piccola» ho commentato sorridendo e battendo le mani.

Il volto di Kamla era raggiante. Il suo corpicino fremeva tutto. Chissà che diavolo aveva capito. Cosa significava quella roba? Mattina m'illumino d'immenso. Soldati, sì, sta sull'albero di foglie. Era una poesia fascista? Bocciolo di rosa mi aveva detto che il signor Rosso era un gran fascista e che la odiava perché lei era comunista.

Quella sera ho chiesto ad Ashok cosa voleva dire "fascista", e lui mi ha spiegato che significa uno che odia gli stranieri.

A quel punto non sapevo cosa fare. Dovevo permettere a mia figlia di andare a trovare quel signore bizzarro che odiava gli stranieri e le riempiva la testa di strane poesie?

Ho chiesto consiglio a Lule, e lei mi ha risposto senza esitazione che il signor Rosso era una gran testa.

«Gran testa di c., vuoi dire» ho aggiunto ridendo.

Lule mi ha guardato in cagnesco. «Non sto scherzando. Faresti meglio a lasciare che tua figlia lo frequenti. Almeno in questo modo le offri un futuro migliore. Che poesie le potete insegnare voi?».

Mi sono risentita non poco alle sue parole. Lule si dà sempre un sacco di arie: «Mio marito è ingegnere, a Durazzo abbiamo una grande villa con giardino all'italiana, abbiamo parenti altolocati di qua, abbiamo amici importanti di là...».

Ma allora perché diamine sei venuta qui? Non potevi startene in Albania con i tuoi figli, invece di abbandonarli solo in nome della carriera di tuo marito? Che razza di madre è una che lascia tre figli con la suocera e se ne va per anni e anni all'estero? Però non ho osato domandarglielo.

Noi siamo gente semplice. Non conoscevamo poesie di Ungaretti, ma volevamo bene a nostra figlia. Le avremmo offerto il meglio che potevamo nella vita. E se Lule sosteneva che fare il bene di mia figlia significava lasciarla andare a imparare strane poesie, non sarei stata certo io a oppormi.

Tutto questo a mio marito non l'ho raccontato. Lui se ne stava con gli occhi sgranati e lucidi alla vista di sua figlia che proclamava: «Soldati. Si sta come d'autunno sugli alberi le foglie».

«Che significa quella roba là?» mi ha chiesto quella sera arrotolandosi nelle lenzuola.

«Chissà» ho risposto. «Credo che abbia dimenticato il resto della poesia. Comincia con qualcosa come: La mattina il sole s'illumina, eccetera, eccetera».

«Boh, sarà. Non ho mai imparato una poesia in vita mia. Come crescono in fretta questi figli. Mi sembra di salutarvi e chiudere la porta la mattina per andare a lavorare, e tornare alla sera e trovarla già più grande».

«Hai ragione. Ma lei cresce bene, no?».

«Speriamo, speriamo. Con questa società moderna... una volta che comincerà a frequentare la scuola, Dio sa come cambierà. Incontrerà ragazzi che le metteranno strane idee in testa».

Mi sono girata per afferrare il braccio peloso di mio marito e l'ho accarezzato per tranquillizzarlo.

«Dormi, ora. Sei stanco. Non preoccuparti per quello che verrà. Crescerà bene, ne sono sicura».

Non mi sono nemmeno sognata di dirgli che Kamla aveva mangiato un panino con il prosciutto crudo a casa del signor Rosso e le era piaciuto da matti.

«Perché non mangiamo cose così buone a casa nostra, mamma?» mi aveva domandato.

Avevo cercato di spiegarle che tanti indù sono vegetariani e che, sebbene abbiamo cambiato le nostre abitudini da quando siamo in Italia e ora mangiamo pollo e pesce, per noi è un sacrilegio mangiare manzo e maiale.

«Ma è veramente buono!» insisteva Kamla.
Avevo lasciato cadere il discorso.
So che quando frequenterà la scuola elementare troverà e mangerà entrambi i tipi di carne proibita dalla nostra religione e che io non potrò farci niente. Mi sono già messa l'anima in pace dicendo che basta che né il maiale né il manzo varchino la soglia della mia cucina. È già successo una volta, ed è stata una tragedia.

Capitolo decimo

Suonano alla porta e vado ad aprire. Entra Lule, che non indossa più il tailleur nero e il cappello nero con velo di pizzo che portava al funerale. Ora è fasciata da un completo in velluto bordeaux. Lule è sempre elegantissima – con i corti capelli biondo scuro sempre a posto come se andasse dalla parrucchiera ogni mattina. È alta e slanciata e cammina con la sicurezza di un'attrice. Assomiglia vagamente a Virna Lisi.

«Con tutti i soldi che ha da buttar via in vestiti» dice sempre Marinka con disappunto, «potrebbe benissimo far venire qui i suoi figli a stare con lei. Chissà quanto guadagna il marito ingegnere. È sempre in giro per l'Italia dietro ai suoi affari».

Dopo quasi otto anni di vicinato ci conosciamo abbastanza bene, ma nessuno osa fare domande del tipo: "Quanto guadagna tuo marito? Cosa fa *esattamente* tuo marito?". La sera facciamo congetture gli uni a proposito degli altri, soprattutto ora che è giunta la Lettera.

Lule sventola la Lettera come la bandiera alabardata dei tifosi della Triestina quando la squadra ha perso la partita della speranza per la promozione in serie A. Scintilla solo il suo Omega d'oro.

«L'avete ricevuta anche voi?». È una domanda retorica. In verità, vuole sapere cosa ne pensiamo.

Marinka la guarda con mal celato rancore. I suoi pensieri cavalcano le onde di elettricità statica nella stanza: "Che te ne frega? Tu sei l'unica che non avrà problemi, ora".

Con Lule Marinka ha un rapporto d'amore e odio. Di fronte alle sue maniere da contessina si sente goffa. Certo, c'è da dire che Marinka, poveretta, è piuttosto bruttina. A vederla vestita con i pantaloni e un giubbotto invernale chi non la conosce avrebbe qualche dubbio sul suo sesso, tarchiata com'è e con i capelli corti e nerissimi. Marinka ha solo cinque anni più di me, ma se li porta assai male. Però non è colpa sua, anche se trascura alquanto il suo aspetto fisico. È a causa dei terribili drammi che ha vissuto in Bosnia, il suo paese natale.

Dopo parecchia insistenza, Lule l'ha convinta a depilarsi i baffi e ad andare dalla parrucchiera invece di massacrarsi i capelli da sola. È riuscita anche a trascinarla dalla cugina di Bocciolo di rosa, che ha un negozio di vestiti in via Ghega, per comprarsi qualche abito più femminile. Lule ci ha portato anche me, e io ora indosso quasi sempre i pantaloni con magliette, o d'inverno golf, invece degli abiti indiani che usavo prima.

All'inizio temevo che Ashok si sarebbe arrabbiato, ma lui non ha battuto ciglio. Anzi, ha detto solo che i pantaloni sono più pratici in questo clima così freddo, oltre che per andare su e giù dagli autobus affollati.

Lule è la nostra maestra di bonton; cerca di renderci più sofisticate. Io accetto i suoi consigli di buon grado perché so che ha più gusto di me, ma Marinka a volte se la prende dicendo che, anche se abitiamo nello stesso palazzo, non vuol dire che siamo tutti nella stessa barca. Non tutti hanno milioni da buttare via per borsette Prada e occhiali Gucci.

L'appartamento di Lule è il più bello di tutti. Le nostre case sono simili per dimensioni e disposizione – abbiamo tutti un piccolo soggiorno quadrato, una cucina abitabile, due stanze da letto. Nessuno ha il bagno in casa; per lavarci usiamo l'acquaio della cucina.

Quando siamo venuti qui gli appartamenti erano già stati arredati in parte dal signor Zacchigna, con gli stessi mobili da soggiorno (tavolo da pranzo e quattro sedie in frassino, divano a tre posti e piccola credenza finto antico) e la cucina in formica, color avorio con i bordi argentati. Le camere da letto sono diverse, ed è evidente che è stato di manica larga quando ha arredato le stanze di Lule. I suoi mobili sono in legno massiccio, con un bel comò in noce e un armadio quattro stagioni. Quelli di Marinka sono in truciolare, color miele, presi al Mercatone. I nostri invece li abbiamo messi insieme come dei trovatelli in un orfanotrofio – un pezzo alla volta, accettando tutto quello che passava il convento. Ma a me non importa, basta che siano funzionali. Chi (tranne Lule) sarebbe andato a guardare che il letto è di un colore e l'armadio di un altro? E quando Lule mi ha detto che dovevo comprare almeno una stanza decente per mia figlia invece di avere una scarpa e uno zoccolo, mio marito Ashok ha proposto che ci desse lei i soldi se le dava tanto fastidio, perché noi non ne avevamo da buttar via in cose superflue. Chiaramente a Lule non gliel'ho mai riferito, e Marinka mi ha sempre detto che ho fatto male a tacere.

La casa di Bocciolo di rosa è la più stramba ed esotica. È arredata con mobili cinesi di scarto che provengono dal negozio di sua cugina. Tutta una parete del soggiorno è tappezzata da un'enorme scultura lignea di un paesaggio cinese, come quelle che trovi nei ristoranti, solo che a questa manca qualche pezzo qua e là perché è stata imballata male durante il trasporto. Poi ha degli strani armadi rossi laccati e una gran varietà di ventagli e calendari appesi alle pareti.

Il mio soggiorno riflette la vita che ci è stata offerta in occidente. Si respira una vaga nostalgia per la nostra madrepatria, che si ritrova nei cuscini colorati sparpagliati per la stanza e nelle miniature mogul su seta che Ashok ha appeso dietro al divano con delle puntine bianche. Lule ci ha regalato un piatto di ottone raffigurante la sua città, Durazzo, e lo abbiamo collocato sul muro dietro al tavolo da pranzo. È molto bello, le sarà costato un sacco di soldi. La prossima volta che andiamo in India mi toccherà comprarle un regalo importante; non basta il disegno dipinto a mano su foglia secca di *peepul* che ho offerto a tutti per Natale l'anno scorso. Lule mi ha anche regalato un tappeto rosso e verde, ma era troppo bello da stendere per terra e allora l'ho messo sullo schienale dell'unico divano che abbiamo. Nessuno si siede sul divano perché le molle sono rotte, ma il tappeto albanese fa un figurone, messo così in bella vista. Bocciolo di rosa mi ha donato varie cose che sua cugina non riusciva a vendere in negozio: un vaso dorato enorme scheggiato da un lato, un ombrello di carta di riso color crema, un calendario di tre anni fa con delle bellissime ragazze cinesi. Ho accettato tutto molto volentieri, e sono proprio contenta dell'aria internazionale che ha assunto la nostra casa.

Marinka dice sempre che è dispiaciuta di essere l'unica a non avermi dato niente per la casa. Non è mai tornata in Bosnia, e non ci vuole tornare mai più.

Anche il vecchio signor Rosso ci ha fatto un regalo, un quadretto con una poesia di Saba scritta a mano con la calligrafia di una volta. Parla di Trieste, ed è bellissima. La prima volta che la leggi non la capisci bene, ma poi ti penetra nel cuore, proprio come questa strana città.

Capitolo undicesimo

Ashok ha appreso con meraviglia che anche Saba, quello del corso Saba, è un poeta, e gli è venuto da chiedersi se dietro tutte le vie di Trieste vi siano dei poeti.

Io ho avuto la cattiva idea di elencargli una lista di strade con nomi di poeti, autoctoni e non: Stendhal, Joyce, Foscolo, Pascoli, Dante, Svevo, Rilke. E Ashok ha avuto la pessima idea di raccontare tutto a Bobo, il marito di Marinka, quando è venuto a suonare mezz'ora dopo per chiederci se potevamo dare una mano a tenergli la scala giù nell'atrio. Il signor Rosso gli aveva chiesto di cambiare la lampadina fulminata. Bobo era furibondo a causa del tono che aveva usato.

«Bobo, che aspetti a riparare la luce?» aveva urlato il vecchio.

«Crede che *son* il suo servo» ha mormorato Bobo, imitando la voce del signor Rosso. «Guarda che tipi che sono questi *Žabarčina*! Lor signori non fanno altro che scriver poesie, tanto trovano sempre dei morti di fame come noi per fare i lavori sporchi! Poi questi mangiarane si prendono tutta la gloria. Hai mai visto una via dedicata a uno straniero che si è fatto il mazzo così mentre loro stanno lì a fare le rime? Trovassi io questi poeti, li prenderei a calci nel *cul*. Li porterei giù al cantier e gli farei scaricare sacchi di malta tutto il giorno. Poi voglio vèder se hanno il tempo o la voglia di starsene a fantasticar sui tramonti di Duino».

«Veramente questi poeti sono tutti morti, alcuni anche secoli fa» ho puntualizzato, per evitare che Bobo magari un giorno si scagliasse contro qualcuno con libro e penna in mano.

«E che c'entra?» ha esclamato con gli occhi carichi di sfida.

«Voglio dire che non hanno sfruttato la povera gente per scrivere. Un tempo non c'erano nemmeno gli immigrati, credo».

«Credi male. Sono sicuro che *iera* anche allora. E anche allora li pagavano una miseria e li facevano sgobbar tutto il santo giorno. Altrimenti avrebbero almeno insegnato ai figli e ai nipoti a cambiar una lampadina fulminata, non credi?».

Non ho insistito. Sapevo che oltre al tono perentorio che adopera con tutti quanti noi, come se fossimo suoi subalterni, il signor Rosso non aveva nemmeno accennato a tirar fuori i soldi per la lampadina nuova. La cosa ha infastidito pure me.

Capitolo dodicesimo

Lule s'accomoda e ci informa che Bocciolo di rosa si unirà a noi tra qualche istante perché con l'influenza dei polli la gente ha tanta paura e tutti i ristoranti cinesi sono vuoti. Perciò suo marito questa sera le ha permesso di stare a casa.

«Ha detto che porta un piatto di tofu e germogli di bambù» aggiunge Lule.

«Che buono! Non ho mai mangiato il tofu».

Mi accorgo della gaffe solo quando Marinka mi lancia uno sguardo fulminante e commenta acidula: «Chissà se cresce il tofu, in India».

È una vecchia storia. Di solito Marinka non ricorda niente. È una di quelle persone che fanno tanti nodi al fazzoletto per ricordarsi qualcosa e poi si dimenticano cosa dovevano tenere a mente. Però l'episodio della *jota* le è rimasto impresso indelebilmente.

* * *

Su consiglio di Lule, noi donne di via Ungaretti 25, io, Marinka e Bocciolo di rosa, abbiamo cominciato a prendere ripetizioni d'italiano insieme, nel pomeriggio, una volta alla settimana. Ci viene anche Lule, anche se lei sa già tutto ed è moglie di un ingegnere.

Una volta, quando ci siamo riunite verso mezzogiorno, Marinka ha detto che avrebbe portato qualcosa da mangiare poi tutte insieme. Abbiamo accettato volentieri. Facevamo a rotazione, e quella volta la lezione si teneva a casa mia.

A causa di un precedente impegno, la nostra insegnante

Laura non ha potuto trattenersi a pranzo con noi. Mentre le altre apparecchiavano il tavolo da pranzo, io ho seguito le istruzioni di Marinka e ho messo la ciotola che aveva portato nel microonde, senza togliere il coperchio.

La mia cucina, come quella delle mie vicine di casa e di tutte le immigrate, credo, è una galleria moderna di gadget elettronici: mixer magnifici, frullatori fantascientifici, pentola a vapore dotata di timer computerizzato, teiera elettrica. Tra di noi lo status sociale si misura con la tecnologia gastronomica di cui disponiamo. Non ci sono comodi sofà e si stira sul tavolo di formica del soggiorno, ma abbiamo tutti la TV con ricevitore satellitare, il videoregistratore, il lettore DVD, telefonini all'ultimo grido e scintillanti apparecchi di nuovissima generazione in cucina.

Dopo due minuti, ho sfornato il recipiente e l'ho aperto. Per poco non svenivo all'odore e alla vista del contenuto. Ma che cosa era? Sembrava una poltiglia marrone con pezzetti di cacca e matasse di capelli da vecchia. Ho trattenuto il respiro. Mi sono venuti i sudori freddi. Povera Marinka, si era disturbata tanto per fare qualcosa per noi ma era andato a male! Come facevo a dirglielo?

Le mie vicine di casa stavano ripassando i verbi riflessivi ad alta voce e ridevano come pazze perché Bocciolo di rosa non riusciva a pronunciare la parola "vestirsi". Ho deciso di chiedere consiglio a Lule.

«Lule, puoi venire di qua un momento?» ho chiamato con la testa fuori dalla porta della cucina, cercando di nascondere la mia angoscia.

Lule è arrivata in cucina e, quando ho scoperchiato il piatto che aveva portato la Marinka, ha arricciato il naso.

«È guasto, vero?» ho chiesto conferma.

Lule ha preso una forchetta e si è messa a punzecchiare i pezzi di cacca. Poi ha tagliato un pezzettino e se l'è infilato in bocca. Stavo per svenire.

«Le salsicce mi sembrano a posto. Sono questi fili bianchi nella purea di fagioli che emanano un tanfo da morire» ha constatato alzando un grumo con la forchetta.

«Che devo fare, Lule? Aiutami tu» ho implorato.

Dopo aver meditato sulla faccenda per qualche secondo, Lule mi ha suggerito di portare la casseruola in soggiorno così come stava. Meglio che Marinka vedesse cos'era successo al suo piatto.

«Io non ce la faccio a mangiare questa roba qui! Fai qualcosa» ho supplicato.

A labbra strette Lule mi ha detto che non potevo insultare un ospite. Mi avrebbe aiutato lei a far sì che Marinka venisse servita per prima. Avremmo spiato la sua reazione e poi seguito il suo esempio.

«Ma vomiterò mentre mangio» ho piagnucolato ancora. Poi ho diligentemente portato la pietanza in soggiorno.

Mentre Marinka si metteva in bocca un cucchiaione di minestra guasta, io, per trattenere le lacrime, fissavo gli ispidi peli neri che le stavano ricrescendo sopra il labbro superiore.

«Buono, buono, mi è venuto proprio bene. Mangiate, su, ragazze» ha decretato Marinka con entusiasmo.

«Cos'è?» ha chiesto Bocciolo di rosa guardando il suo piatto con diffidenza. «Piatto bosniaco?».

Marinka ha nitrito. Bocciolo di rosa non aveva ancora capito che non si deve pronunciare la parola "Bosnia" davanti a Marinka. È come parlare di foibe e della Risiera di San Sabba alla gente di Trieste – una ferita ancora aperta. Non vuole avere niente a che fare con il suo paese. Più di tutte noi, Marinka vuole integrarsi, dimenticare il passato e diventare italiana.

«La *jota*. Minestra di fagioli e crauti acidi. Proprio come quella che mangiano i triestini. Il loro piatto tipico, si può dire. Ci ho messo anche la cotica. Se vogliamo integrarci, dobbiamo iniziare mangiando il loro cibo, non credete?».

"Non potevi cominciare con qualcosa di meno offensivo per le narici?" ho pensato tra me e me. Ci sono tanti buoni dolci tipici nelle vetrine dei pasticcieri – le *fave*, piccole palline di mandorla color pastello simile alle *peda* indiani, il *presnitz*, spirali di pasta dolce ripiena di noci e cioccolata come fanno nel Gujerat, le paste alla crema...

Se parliamo soltanto di dolci, la mia integrazione ha radici solide e profonde, oramai. Per il resto, quasi otto anni dopo il mio arrivo in questa città, sono ancora allo stadio del semistupore. I triestini mi guardano e io guardo loro con mutuo interesse misto a sospetto. Loro mi domandano sempre cosa significa il puntino rosso che porto sulla fronte, e io non so rispondergli. Io gli domando perché un paio di scarpe costa più di un frigorifero o perché frotte di ottantenni affollano l'autobus alle otto di mattina, e loro non sanno cosa ribattere. Loro mi chiedono se è vero che in India ci sono i serpenti per strada, e come può convivere nello stesso paese gente tanto ricca e tanto povera. Io gli domando se è vero che bisogna indossare scarpe speciali con le suole piene di chiodi quando nevica, e come può convivere nello stesso paese gente tanto ricca e tanto povera.

«Ah, vedi, hai ragione tu che vieni dalla saggia India» mi dice sempre il signor Ennio, il fruttivendolo da cui vado a fare la spesa al mercato coperto. «Tutto il mondo è paese. I ricchi saranno sempre più ricchi e i poveri sempre più poveri. Guarda qui, ogni giorno c'è sempre più gente per strada che chiede l'elemosina. Dove andremo di questo passo, dimmi tu! Sai che ti dico? Forse ti conviene tornartene nel tuo paese. Non avete granché, ma almeno non fa questo freddo boia! Guarda che mani». Io annuisco, compatendolo per le mani rovinate. Più che dita, sembrano radici di zenzero.

«E guarda come sono ridotti i vecchi, con le pensioni da fame che prendono!».

Ha ragione il signor Ennio. In giro vedo sempre più poveri, e penso alla mamma che mi scrive che ultimamente in India sono riusciti a ripulire le città dai mendicanti. Per caso li hanno mandati tutti qui?

Però c'è una cosa che non capisco, e ne ho anche discusso con la maestra Laura. Tutti quanti dicono di non aver soldi, di essere sul lastrico. Ma allora come mai i ristoranti e i teatri sono sempre pieni?

Me ne stavo lì a fissare il piatto di *jota* che avevo davanti, interpellando ogni tanto Lule con gli occhi. Lei scrutava Bocciolo di rosa, che lanciava occhiate nella mia direzione. Avevamo tutte e tre il piatto pieno di minestra di fagioli con crauti e salsiccia e cotiche, i cucchiai in aria come fucili in mano a obiettori di coscienza.

«Allora?» ha strombazzato Marinka. «Che c'è? Non vi va?».

Non ci andava, no. Ma nessuna aveva il coraggio di ammetterlo. Lule si è fatta coraggio e ha avvicinato il cucchiaio alla bocca. Alé ho-op, con lo stesso gesto e la medesima espressione di Kamla quando deve prendere l'olio di ricino. Poi è stata la volta di Bocciolo di rosa, che ha la gran fortuna che sui volti orientali non si distinguono molto chiaramente le espressioni. A lei è venuto un colpo di tosse subito dopo e i suoi occhi, perennemente semichiusi, si sono fatti ancora più sottili. Dio mio, assistimi, ho supplicato io quando è stato il mio turno. Nelle narici sentivo l'odore di aceto e di grasso caldo.

Stavo quasi per farcela, quando mi è venuto un lampo di genio. Ho lasciato cadere il cucchiaio, che è rimbalzato contro il piatto in re maggiore e ha fatto un doppio salto mortale prima di fermarsi sulla tovaglia.

«Non ti piace, vero?» ha constatato Marinka, visibilmente ferita. «Quattro ore ci ho messo per cucinarla».

Mi sono sentita un verme.

«Sai, ti devo confessare una cosa. Non posso mangiare carne di maiale. Sono indù» ho spiegato. E poi ho aggiunto: «E nemmeno Lule dovrebbe. È musulmana».

«Macché musulmana» ha sbuffato Marinka, seccata che nessuno gradisse la sua minestra. «Se è una musulmana, allora non dovrebbe nemmeno andare in giro con le tette al vento. Poi, con tutto l'alcol che hanno in casa! E non l'ho sentita nominare Allah nemmeno una volta!».

Lule si è irritata. «Tu invece il tuo dio lo nomini dalla mattina alla sera, ma solo per bestemmiarlo!».

Marinka si è alzata da tavola di scatto. «Se tu avessi visto quello che ho visto io, cara mia, non saresti qui a farmi delle osservazioni! Ma che ne sai tu della guerra, del dolore? Hai una villa con giardino nel tuo paese, hai un marito ingegnere che ti riempie di abiti firmati e gioielli. Chi sei tu per fare delle prediche agli altri? Che ne sai di kveste cose?». Quest'ultima domanda le è uscita come il fuoco da una mitragliatrice al rallentatore.

L'abbiamo guardata con gli occhi pieni di compassione. Sappiamo tutti quello che ha passato Marinka. Sappiamo come lei e Bobo sono scappati dalla guerra, con i due figli. Marinka allora era incinta. Le avevano bruciato la casa, ma quella si poteva ricostruire; le avevano strappato i vestiti lasciandola nuda per strada, ma chi se ne frega; le avevano ucciso tutta la famiglia – madre, padre e due sorelle – e a quel dolore eterno niente e nessuno poteva porre rimedio. Quello che per me era la minestra di *jota*, un vomito solo a pensarci, per Marinka era il passato: acidulo, indigesto, innominabile.

Una volta, in un momento di grande confidenza, le avevo chiesto chi era stato a bruciarle la casa e distruggerle la famiglia. In India è facile sapere chi commette queste atrocità. Se vengono sgozzati degli indù, sono stati i musulmani, e se vengono seviziati i fedeli di Allah, tutti puntano il dito contro gli esaltati di qualche partito estremista indù. Non so molto di geopolitica, ma mi pareva di capire che nel paese di Marinka la situazione fosse più ingarbugliata.

«Animali» aveva ringhiato Marinka.

Quella risposta aveva centuplicato la stima che avevo di lei. Agire in nome di un'affiliazione politica o in difesa di una religione è solo una scusa. Aveva perfettamente ragione.

Con mani frementi Marinka ha raccolto i nostri piatti ancora pieni di *jota* e ne ha riversato il contenuto nella ciotola.

«Si vede che non gradite né me né il mio cibo. Allora tolgo il disturbo» ha dichiarato cercando di trattenere le lacrime. «Pensavo che tu fossi mia amica. Potevi mangiare almeno la minestra, senza il maiale. I crauti e i fagioli sono solo verdure» ha detto poi con voce lacerata rivolgendosi a me.

Alla vista dei suoi occhi gonfi, non sapevo che pesci pigliare. Ero sicura che interpretasse il mio rifiuto del suo cibo come un tradimento alla nostra amicizia, così ho detto la prima scusa che mi è passata per la mente: «Sai, noi possiamo mangiare solo cibi indù. Cibi che crescono in India, voglio dire. Per questo non posso mangiare i crauti». Ovviamente Marinka ha capito che stavo mentendo.

Se n'è andata urlando: «Vi dico una cosa, voi non volete *veramente* far parte di questa società. Voi *volete* essere diversi. Vi crogiolate nel vostro stato di miserevoli stranieri! Vi ostinate ad aggrapparvi al vostro passato, a un tempo e un paese che non esistono più al di fuori della vostra fantasia. Che senso ha prendere lezioni d'italiano? Spaccarvi la testa per imparare la coniugazione dei verbi? Sforzarvi di leggere *I promessi sposi* e andare al cinema a vedere *Il postino*? Se rifiutate le basi di una cultura, la sua cucina, cioè, se non riuscite a mandare giù nemmeno un boccone di *jota*, come intendete digerire la vita in questo paese?». E ha sbattuto la porta a mo' di punto esclamativo alla sua arringa.

Ero certa che non mi avrebbe mai più rivolto la parola, e l'idea mi feriva tantissimo perché le ero affezionata. Sono affezionata a tutte e tre le mie vicine di casa. Ma oramai sapete com'è fatta Marinka, è una di quelle che si fa il nodo al fazzoletto e poi si dimentica il perché. Tre giorni dopo, eccola per le scale che mi sorrideva come se niente fosse e mi chiedeva se potevo prestarle la macchina da cucire.

Capitolo tredicesimo

Entra Bocciolo di rosa e alla vista delle sue mani vuote tiro un sospiro di sollievo. Per mia fortuna non ha il piatto di tofu e germogli di bambù, perché la suocera non sapeva che era per noi e lo ha dato ai bambini per la cena.

È impossibile dare un'età a Bocciolo di rosa. Potrebbe avere dai venti ai quarant'anni. Ha la pelle liscia come l'interno di una conchiglia di madreperla, è minuta e magra. Oggi indossa una tuta da ginnastica verde, e sembra proprio uno di quei bambù della felicità nani che tiene nell'ingresso di casa sua. Anche lei ha la sua Lettera in mano. La stringe forte tra le piccole dita affusolate, come se volesse strangolarla.

Guardo le donne sedute attorno al mio tavolo. Siamo così diverse, e allo stesso tempo così simili – stringiamo tutte quante la nostra copia della Lettera, e nelle nostre menti echeggia la stessa domanda: che ne sarà di noi ora?

Mio marito dice che le disgrazie uniscono e che la povertà è il più forte collante del mondo. Che abbia ragione? Mi domando se sarei diventata amica di queste donne in altre circostanze. Se fossi rimasta in India, mi sarei mai trovata attorno a un tavolo con una cinese? Avrei mai confidato le mie paure a una bosniaca? Avrei mai parlato intimamente con un'albanese musulmana? La cosa che mi colpisce di più di questo piccolo e perfetto mondo multiculturale che siamo riusciti a creare in via Ungaretti 25 è l'idioma in cui ci confidiamo le cose. Provenienti dai quattro angoli del mondo, ci troviamo in questo stretto lembo di terra, schiacciata tra il peso dell'est con le mille opportunità che riserverà e dell'ovest con la gloria che fu, a comprenderci in una lingua adottiva. È uno sforzo che abbiamo fatto noi, non per semplice necessità, ma per la voglia di diventare amiche, di poter andare oltre un semplice «Buongiorno, come stai?» scambiato per le scale.

Due persone che vogliono abbattere il muro linguistico tra di loro sono due esseri ansiosi di costruire un mondo migliore. E noi, armate di mattoni – libri di grammatica e di esercizi, vocabolari e audiocassette – e con tanto cemento di buona volontà, stiamo tirando su con non poco sacrificio l'impalcatura del nostro futuro.

Dapprima abbiamo pensato di fare un corso all'Università Popolare o presso qualche associazione, poi Lule ha detto che sarebbe stato più produttivo trovarci un'insegnante privata. Avremmo avuto più tempo per risolvere i nostri problemi individuali con la lingua: la "r" di Bocciolo di rosa, kvindi la "kv" di Marinka, la mia eterna lotta con i generi e gli accenti. Lule, chiaramente, doveva solo ampliare il suo lessico già notevole.

Abbiamo trovato il numero di Laura, un'ex insegnante di scuola media, sul *Mercatino*, il giornale dei piccoli annunci di Trieste. Laura è una di quelle donne che hanno dato anima e cuore al loro mestiere per trentacinque anni nonostante la paga da fame. Ora divide il suo tempo tra il "Comitato per la salvaguardia dei fiori del Carso" e il "Comitato per il bilinguismo a Trieste". È una donna alta e magra, e ha lunghi capelli argentati che porta sciolti come una quindicenne. Profonde rughe si irradiano dai suoi occhi grigioverdi, ma sono rughe di una donna appagata, che ha vissuto la sua vita come voleva. Assieme ai verbi irregolari e alla "s" impura, cerca d'inculcarci l'importanza di questa libertà, e spesso ci parla di quello che l'emancipazione femminile ha significato per la sua città natale. A volte, però, sembra dimenticarsi che non sempre viene offerta la stessa possibilità a chi è nato altrove.

Gli occhi di tutte e quattro si velano quando ci viene chiesto di raccontare qualcosa a proposito delle nostre rispettive terre d'origine, ma i miei sono gli unici che galleggiano su un mare di ricordi felici.

Quando le domandano di parlare del passato, Marinka si chiude come un riccio sbattuto sulla riviera di Barcola in inverno, quando la bora soffia a centocinquanta chilometri all'ora.

«Mica per sapere i fatti tuoi» insiste Laura. «È solo per sentirti usare correttamente il passato remoto».

«Fai parlare le altre. Io parlerò quando cominci a insegnarci il futuro» risponde freddamente Marinka. «È l'unico tempo che mi interessa».

Neanche Lule parla volentieri dell'Albania. Penso che sia per il rimorso di aver lasciato laggiù i suoi figli ed essere venuta in Italia al seguito di suo marito. Il tempo verbale che si addice di più a Lule è il congiuntivo, il più enigmatico e difficile da capire.

Bocciolo di rosa non ama parlare del suo paese per svariati motivi. Non si è aperta mai del tutto con noi, né lo farà con nessuno. Ha paura che il mondo sia pieno di spie. Suo padre ha sofferto durante la Rivoluzione Culturale, e lei evita accuratamente ogni argomento politico. Dice di non avere idee in proposito.

«Ma non avere idee politiche significa non partecipare alla vita del tuo paese!» ribatte ogni volta Laura, imbestialita di fronte a un atteggiamento del genere.

Non riesce a capire che è proprio questo che le mie amiche cercano di fare: gettarsi alle spalle la vita di prima.

Tutte le volte che qualcuno le rivolge una domanda personale, Bocciolo di rosa fa una risata imbarazzata e comincia a pronunciare una serie di parole contenenti la lettera "r", cosicché tutti vengono distolti dalla sua pronuncia e l'argomento cade nel dimenticatoio.

Io sono l'unica a parlare volentieri del passato, e questo sconvolge parecchio la nostra insegnante. Laura mi guarda sbalordita quando le racconto di come ho incontrato mio marito, o meglio, di come non l'ho mai incontrato prima del giorno del matrimonio.

«Ma come hai potuto accettare che i tuoi genitori scegliessero un compagno per te? Com'è possibile che succeda una cosa così a una donna istruita nel ventunesimo secolo? Non vivevi mica in un villaggio sperduto! Non credi che avresti dovuto avere voce in capitolo?» domanda sbattendo le ciglia come un ventaglio a ferragosto.

«Ma tutte le mie amiche hanno avuto matrimoni combinati. Da noi questa è la tradizione. Non conosciamo altro, e perciò la accettiamo senza fare storie». Ogni volta che glielo spiego, credo di aggiungere un'altra ruga al suo viso pallido.

Le altre hanno avuto tutte dei matrimoni d'amore, e mi guardano come se fossi un'eroina d'altri tempi quando racconto del primo incontro con i miei suoceri che sono venuti ad "approvare" la futura nuora, dei preparativi per il matrimonio che è durato quattro giorni, della mia emozione il giorno della cerimonia vera e propria.

Ero seduta sul palco dinanzi al bramino e al fuoco sacro, drappeggiata dalla testa ai piedi in un sari rosso ibisco con intricati ricami d'oro. I gioielli che indossavo sul capo e l'enorme orecchino di filigrana che mi partiva dal naso per finire dietro alle orecchie erano così pesanti che facevo fatica a tenere su la testa. Si addiceva a una sposa, però, avere la testa sempre china. Avevo anche una grossa ghirlanda di rose e gelsomini attorno al collo, e le mani e i piedi erano stati tatuati con intricati disegni di henné. Il cuore mi batteva a mille all'ora quando il mio futuro marito prese posto accanto a me sul palco coperto con stoffe di seta bianca e cosparso di petali di rosa. Non sapevo come era fatto, non l'avevo mai visto ancora, nemmeno in fotografia. La mamma mi aveva detto solo che era di aspetto gradevole e, cosa ben più importante, che aveva un lavoro stabile all'estero, in Italia. Era il meglio che si poteva desiderare per una figlia, anche se ai miei genitori piangeva il cuore sapere che da quel giorno in poi sarei stata così lontano.

Anche a me l'idea spezzava il cuore. Come avrei fatto senza la mamma e il papà e i miei due fratellini? Sì, c'era il telefono, ma non avrei potuto sentire il calore del loro abbraccio lungo una linea telefonica. La tecnologia moderna permette di collegarci con l'udito, non con le viscere.

«Il tuo futuro marito guadagna bene. Verrai spesso a trovarci» mi promisero. «E poi si tratta solo di star via per qualche anno. Ashok ci ha promesso che tornerete non appena avrete messo da parte i soldi sufficienti per aprire un'attività in India».

Dio, fa' sì che sia un bravo uomo, pregai intensamente mentre il prete recitava i versi sacri e alimentava il fuoco sacro con legni preziosi e oli profumati. Ci unì le mani con un foulard di seta, e notai che la mano destra del mio sposo era grande e ruvida. Da gran lavoratore, pensai. Fa' sì che non mi picchi, signore. Promettimi che non mi tratterà male. Le mie suppliche cadevano nel fuoco sacro davanti a me scoppiettando. Il prete ci fece alzare per compiere i giri rituali attorno al fuoco. Mentre conducevo mio marito attorno all'elemento più puro della terra per sette volte, per sette volte rammentai a Dio che ero nelle sue mani e lo implorai di proteggermi. Poi, dopo che mi mise la collana da sposa di oro e perline nere attorno al collo e le nostre mani furono slegate, mio marito alzò il velo che copriva il mio viso e anche lui mi vide dal vivo per la prima volta. Meno male che aveva già avuto una mia fotografia, perché il mio volto rigato dalle lacrime e dal trucco sciolto non doveva essere un granché. Poi venne il mio turno di scostare le fitte file di gelsomini e tuberose che pendevano dal suo turbante e gli celavano il viso. Mi tremavano le dita, e in più avevo l'impaccio dei gioielli che mi coprivano tutta la mano come un guanto di uncinetto dorato. Lui prese le mie mani gracili e ghiacciate tra le sue, calde e ruvide, e se le portò al viso. Lo toccai come se fossi una cieca. Dovevo imparare a conoscere, ad amare e a rispettare quel volto scelto per me dai miei genitori. Mi feci coraggio e alzai lo sguardo per vedere il mio destino.

Capitolo quattordicesimo

I nostri mariti non vedono di buon occhio Laura per svariati motivi. Innanzitutto, non comprendono il nostro bisogno di imparare l'italiano alla perfezione. Ai loro occhi spendere tre euro a testa all'ora e passare settimane intere a declinare verbi è uno spreco, un delitto, quasi. A Bobo non importa parlare spruzzando l'italiano con parole nella sua lingua e in triestino, Ashok sbaglia spesso accento, e Besim e il signor Fong sono così parchi di parole che i loro sbagli passano quasi inosservati. Ma per noi non si tratta di soldi o fatica spesi invano, siamo contente di stare tutte insieme e ci divertiamo un sacco. Anche se talvolta pensiamo che l'articolo e i generi siano invenzioni diaboliche fatte per impedire l'integrazione culturale, non abbiamo mai mollato.

Per i nostri mariti, Laura è una ficcanaso e una minaccia. Una che ci riempie la testa di mine vaganti, concetti a noi finora sconosciuti come pari opportunità ed emancipazione femminile. Secondo loro, il modo verbale preferito della nostra insegnante è l'imperativo: *devi* far lavare i piatti a tuo marito quando sei stanca, *devi* farti portare fuori a cena ogni tanto, *devi* assicurarti che ti regali dei fiori per il tuo compleanno.

Mio marito si mette a ridere quando gli racconto queste cose, ma so che Bobo si arrabbia sul serio.

«*Bože dragi*, proteggici da questa rompiscatole!» alza le mani al cielo urlando.

Credo che per tanto tempo il signor Fong non abbia saputo nemmeno che Bocciolo di rosa veniva alle nostre lezioni.

Lui pensava che andasse a dare una mano in negozio alla cugina. In realtà Bocciolo di rosa ci ha confidato che più che arrabbiarsi, il marito non riesce proprio a capire perché lei voglia stare con noi. Come la maggior parte dei cinesi a Trieste, il signor Fong provvede a tutti i suoi bisogni esclusivamente presso i connazionali: la spesa la fa all'alimentari cinese, i vestiti vengono unicamente dal negozio della cugina di Bocciolo di rosa, il dottore e il dentista sono cinesi che esercitano la professione abusivamente, l'estetista è una di loro, il barbiere pure. L'unica cosa che non hanno ancora è una maestra d'italiano con gli occhi a mandorla.

Visto il loro scarso gradimento per la nostra esigenza di acculturarci, noi donne abbiamo deciso di raccontare ai nostri mariti il minimo indispensabile. Perciò loro non hanno saputo niente della nostra lezione svoltasi al Caffè San Marco, dove vanno a bere il caffè e leggere i giornali tutti gli intellettuali triestini. Ashok avrebbe borbottato che era un delitto spendere cinque euro per una tazza di tè e lasciare Kamla sola in compagnia dei figli di Marinka, Bobo avrebbe picchiato Marinka con la prima cosa che gli fosse capitata tra le mani e il signor Fong sarebbe corso a casa di Laura con un coltellaccio affilato in mano. Il marito ingegnere di Lule sarebbe stato l'unico ad approvare la scelta del luogo.

Con grande fatica, siamo riuscite a nascondere anche il nostro debutto in società.

Capitolo quindicesimo

A una delle nostre lezioni Laura ci ha detto che aveva cinque biglietti per il teatro Verdi per il giovedì successivo.

«Purtroppo è un concerto di archi e non l'operetta. Peccato che sia finita la stagione. Mi sarebbe piaciuto portarvi a vedere il *Cavallino Bianco* oppure *Elisabeth*. Quello sì che sarebbe stato un vero battesimo culturale mitteleuropeo!».

«Non fa niente. Va benissimo il concerto. Si deve pur cominciare da qualche parte» abbiamo commentato in coro sorridendo.

Il resto della lezione è trascorso nel grande fermento dei preparativi per trovarci davanti al Ridotto del teatro alle ore 16. A Laura non abbiamo fatto trapelare che avremmo dovuto tramare tutto quanto dietro alle spalle dei nostri mariti per partecipare alla grande soirée.

Per evitare di apparire maschilisti e sottoculturati, i divieti dei nostri consorti non sarebbero stati secchi e immediati. Ad Ashok sarebbe venuto un gran mal di testa proprio all'ultimo istante, quando ero sull'uscio di casa. Il signor Fong avrebbe sicuramente inventato qualche emergenza al ristorante. Forse Bobo sarebbe stato l'unico ad avere il coraggio di dire subito no. Ma avrebbe anche riempito di botte Marinka se lei avesse frignato che noi tutte ci andavamo e non avevamo dei mariti così arretrati. Chiaramente soltanto Besim Dardani avrebbe sorriso magnanimo e chiesto a Lule di portargli una copia del programma.

Ma a quel punto del nostro cammino culturale non avevamo più tanta paura della reazione dei nostri mariti. Alla loro mentalità ci avevamo fatto il callo. E applicando alla lettera il saggio detto italiano – occhio non vede, cuore non duole – avevamo imparato a essere scaltre. No, il nostro timore era un altro: non avremmo saputo reggere l'ira di Laura. Se le fosse venuto il minimo sospetto che dovevamo organizzare la serata alla chetichella... niente più teatro, e basta anche con le lezioni, magari! Laura odia i sotterfugi. Ancora più delle donne sottomesse, detesta quelle subdole.

Perciò abbiamo aspettato che se ne andasse per escogitare un piano infallibile: ai nostri rispettivi mariti avremmo riferito che dovevamo andare a prendere un caffè a casa di un'amica, in centro.

A differenza delle mie vicine, che appartengono a folte comunità d'immigrati sorte a Trieste negli ultimi anni, io e mio marito siamo tra i pochissimi indiani stabilitisi in questo avamposto italico. Ci sono tanti nostri connazionali che vanno e vengono per lavoro al Centro internazionale di fisica, ma sono di un altro status sociale ed economico e certamente non possiamo stringere amicizia con loro. Perciò io avrei raccontato ad Ashok che andavo a trovare Carmen, la moglie italiana dell'aiuto cuoco al ristorante Ganesh (la quale era stata avvertita e aveva promesso di reggermi il gioco).

Ci saremmo trovate in piazza Unità, e prima di andare al teatro saremmo andate a bere qualcosa al Caffè degli Specchi, approfittando del bagno per cambiarci d'abito.

Davanti a Laura non potevamo nemmeno parlare di cosa avremmo indossato.

Laura è una che si danna l'anima per la qualità dell'aria che respiriamo, dell'acqua che beviamo, dei detersivi che usiamo. Ogni volta che nomini un cibo precotto o un gelato industriale, diventa paonazza in viso e urla che le multinazionali ci stanno avvelenando. All'inizio stentavo a comprendere il suo ragionamento. Non trovavo niente di male nella qualità della vita in Italia. Anzi. Le facevo notare che si vive bene qui – acqua potabile che sgorga dai rubinetti, tante bellissime macchine sulle strade e nessuno che suona il clacson, verdure lavate e pulite e messe in vassoi di polistirolo. Laura si infuriava. «È uno specchio per le allodole! Ci stanno ammazzando. Ma non lo capisci? Più macchine vendono, più ci uccidono. Più cibi in scatola mangi, più ti ammali, e più sono contenti perché ti possono vendere le loro medicine schifose!». Io la guardavo ammutolita senza capire il nesso logico del suo discorso. Cosa c'entrava il cibo in scatola con la vendita delle medicine?

A parlare di vestiti o di acconciature, avrebbe fatto una ramanzina di mezz'ora su come conta di più ciò che hai dentro rispetto a quello che ti metti fuori. Avrà pure ragione, ma che male c'è nell'essere carine? Inutile dire che lei indossa tutto l'anno jeans neri e una felpa Emergency, sostenendo che è meglio essere comode che regalare mezzo stipendio agli stilisti che si fanno yacht, ville e chiappe nuove a ogni stagione.

Lule era l'unica che non avrebbe dovuto ricorrere ai nostri sotterfugi, ma per solidarietà, e credo anche per dare un pizzico di mistero alla cosa, ha deciso anche lei di portarsi dietro i vestiti di ricambio in una borsa della spesa.

Prese dall'entusiasmo, ci eravamo completamente scordate di chiedere a Laura quanto sarebbero costati i biglietti.

A quel punto Marinka ha cominciato a insistere perché la chiamassimo immediatamente sul telefonino. Lule invece sosteneva che avremmo fatto una figura assai meschina.

«Costerà quel che costerà» proclamava, aggiustandosi i capelli cotonati.

«Facile per te» ha borbottato di rimando Marinka. «Noi dovremo risparmiare sulla spesa tre mesi per farci venire fuori i soldi del biglietto. Ti ricordi quando siamo andati al cinema a vedere *Il postino*?».

«Ed era in seconda visione all'Alcione» ho replicato io. «Però li abbiamo sfruttati proprio bene quei soldi, dato che abbiamo visto il film due volte di fila».

«E ora che con l'euro è tutto raddoppiato» continuava a mugugnare Marinka.

Alla fine è intervenuta Bocciolo di rosa: «Laula ha detto che salemmo andate nel Lidotto. Allola salà lidotto anche plezzo, no?». E ha aggiunto: «E poi, come dice plovelbio, falemo buono viso a buona musica».

E mentre Lule cercava di risalire all'espressione corretta, "Speriamo di sì" abbiamo pensato in silenzio sia io sia Marinka.

Capitolo sedicesimo

Alle tre del pomeriggio di giovedì 24 ottobre, ecco un piccolo gruppo di donne che scoppiano dall'emozione, eccitate come delle ragazzine al loro primo ballo, entrare al Caffè degli Specchi con grandi borse della Coop in mano e dirigersi verso l'enorme bancone di radica lucente per ordinare da bere.

Ormai abbiamo assimilato tante cose sulla vita di società. I triestini doc ordinano al banco. Costa meno e si può controllare che ti facciano il caffè esattamente come lo hai ordinato. Dopo, si può anche chiedere un bicchiere d'acqua gratis.

Ma noi non eravamo lì per perdere tempo in chiacchiere, ci serviva solo usare la toilette.

Siamo uscite dopo venti minuti, completamente trasformate. Bocciolo di rosa indossava un bellissimo tailleur verde muschio con la borsetta e le scarpe décolleté in tinta. Io avevo preso in prestito da Lule un golf rosso con gli strass, abbinato a un paio di pantaloni di velluto nero. Lule era splendida, come sempre, con un mantello color bronzo sopra un vestito attillato in mohair nero. Ma la sorpresa più grande è stata Marinka. Marinka come nessuna l'aveva mai vista prima, con il viso truccato (forse un po' troppo), una camicia di velluto aragosta e argento, a rombi, e una minigonna di lana color panna. Per la prima volta in vita sua aveva barattato le calze di settanta denari e i mocassini blu con un paio di collant leggeri e scarpe con i tacchi alti. I primi passi sono stati un po' incerti, come se fosse un pianoforte a coda che qualcuno spingeva da dietro.

Eravamo così su di giri che ci siamo dimenticate perfino le borse con i nostri vestiti vecchi in bagno, tanto che Bocciolo di rosa è dovuta correre indietro a recuperarle. Le abbiamo messe tutte insieme in una borsa più bella che avremmo consegnato al guardaroba del teatro.

Mentre aspettavamo Laura davanti al teatro, Lule ci ha fatto attraversare la strada per andare ad ammirare le sculture a coronamento dell'edificio: Apollo tra le figure allegoriche dell'Arte Lirica e dell'Arte Tragica, attorniate da maschere teatrali e strumenti musicali.

Marinka si è distratta subito. «Guarda, c'è Carmen!» ha esclamato, indicandomi la vetrata della Galleria Tergesteo.

E mentre sbirciavo dentro alla galleria per cercare la mia amica, l'ho sentita ridere come una pazza. «È un'opera, scema!» è esplosa, indicando il cartellone attaccato sulla porta di vetro.

«Che cartellone interessante. Molto più dell'architettura dell'edificio. Guarda che bella carta hanno usato, che bei caratteri. Scommetto che alcuni musicisti famosi li conosci anche tu, Marinka» ha commentato a quel punto Lule. Ma stava sprecando il suo sarcasmo.

Marinka si era trasformata anche lei in una statua. Io e Bocciolo di rosa abbiamo seguito il suo dito puntato in avanti e siamo rimaste di sasso.

«Madonna santissima» ha mormorato Bocciolo di rosa. «Platea, palchi e box: € 70,00. Plima gallelia: € 60,00. Seconda gallelia: € 45,00. Loggione: € 25,00».

A quel punto la nostra voglia di teatro era svanita completamente.

«Andiamo a casa» ha sussurrato Marinka.

«Ma dài, come facciamo?» ho invocato io tutta sudata.

«Inventati kvalcosa. *Sranje!* Non posso spendere settanta euro».

«Ma non sarà così. Figurati se Laura ci farebbe spendere

tanto. Lei che ci dice di non andare a fare il... lo... la spesa al Novospar perché è caro!». Cercavo disperatamente di convincere non solo lei, ma anche me stessa.

«Ha detto che andiamo Lidotto. Al Lidotto costa poco, velo?». Gli occhi di Bocciolo di rosa imploravano conferma.

«Non lo so. Non ci credo. Voi non conoscete bene i tipi come Laura. Si veste come una zingara, mangia soltanto una scatola di tonno senza marca al giorno, ma poi non le fa un baffo spendere settanta euro per la cultura. Se venisse qui kvel Ugo poi, tirerebbe fuori anche duecento euro per andarlo a sentire».

«Ughi, non Ugo. Uto Ughi» l'ho corretta. Laura ha una passione sfrenata per il maestro Ughi.

«Lo sai cosa ci faccio con settanta euro? Altro che Ughi e Drughi. Ci faccio la spesa per almeno metà mese! E poi la prossima settimana arrivano le bollette di luce e gas».

Non occorreva che Marinka si scaldasse tanto. Non occorreva nemmeno che ce lo dicesse. Eravamo tutte nella stessa situazione. Tranne Lule, ovviamente. Ma non potevamo offendere Laura andando via senza spiegazioni. E poi non sarebbe mai riuscita a rivendere i nostri biglietti all'ultimo istante, non c'era nemmeno tanta gente ad aspettare fuori dal teatro. Troppo tardi per tirarci indietro. Visto che la colpa era nostra, dovevamo accettarne le conseguenze.

«Scommetto anche che questo palazzo l'ha fatto quel tale Pertsch» ho buttato lì girandomi verso Lule per cercare disperatamente di smorzare la tensione.

«Sì» ha risposto assente, mandandomi nel pallone ancora di più perché non era proprio da lei.

«Allora ha ragione Bobo kvando dice che l'edilizia è in mano alla mafia e al monopolio da sempre» ha bisbigliato Marinka, ancora indecisa se tagliare la corda o no.

Poi l'arrivo di Laura ha spazzato via ogni residua possibilità di fuga.

«*Bože dragi*, che Dio ce la mandi buona» ha sospirato Marinka incrociando le dita.

Abbiamo fissato Laura con stupore. Indossava i suoi jeans neri con la solita felpa Emergency troppo grande e il montgomery blu stravecchio. Ma che modo era di venire al teatro? Lei ci guardava altrettanto sgomenta e stentava a riconoscere Marinka.
«Ma che vi siete messe in testa, ragazze?» ha domandato. «Andiamo al teatro, mica in discoteca».
Appunto, abbiamo pensato tutte noi.
L'abbiamo seguita con passi incerti e la maschera ci ha condotto ai nostri posti. Con nostra grande meraviglia il teatro era molto piccolo e anche mezzo vuoto. Inoltre tutti quanti erano vestiti come Laura, in jeans e maglione. Eravamo le uniche addobbate a festa.
Le luci si sono abbassate ed è partita la musica. Nessuno di noi sapeva cosa fosse un concerto d'archi. Io credevo si trattasse di un concerto che si svolge sotto degli archi. Marinka pensava ad archi e frecce. Neanche Lule ne aveva idea, ma non voleva far trapelare la sua ignoranza e ha tirato fuori che una volta era andata perfino alla Scala di Milano. Bocciolo di rosa ha scosso la testa di seta nera dicendo: «Alchi? Non conosco».
Non erano passati neanche dieci minuti che Marinka, seduta alla mia sinistra, mi ha pizzicato il braccio.
«Che cacchio è questa roba?» ha bisbigliato. «Mi sta venendo mal di pancia. Settanta euro buttati per andare al cesso!».
Ho soffocato una risata rombante, stavo pensando la stessa cosa. Sentendoci sghignazzare, Bocciolo di rosa alla mia destra ha domandato che stava succedendo e quando sarebbe finito il concerto. Le ho risposto che durava quattro ore e l'ho vista sussultare sulla sedia. Perfino Lule celava uno sba-

diglio dietro la mano, pensando che al buio nessuno la vedesse. L'unica a essere completamente rapita dai suoni disconnessi del quartetto d'archi sembrava Laura. Lei adora il jazz moderno.

Nell'intervallo abbiamo preso una decisione: ci saremmo scusate con Laura e avremmo inventato che dovevamo tutte scappare a casa. Prima però le avremmo chiesto quanto le dovevamo per i biglietti. Forse se si usciva a metà concerto si poteva avere un rimborso, come agli stabilimenti balneari quando vai via entro le 13.

«Hai detto anche che era nella parte ridotta».

Marinka è stata fulminata dallo sguardo di Lule, ma non ce l'ha fatta a trattenere le parole.

«Ma non mi dovete niente ragazze, è gratis» ha esclamato Laura sorpresa. «Le prove nel Ridotto non si pagano. Conosco uno dei musicisti, mi ha dato lui i biglietti».

A tutte e quattro è sfuggito un sospiro di sollievo.

«Quasi quasi, visto che è gratis, andrei a sentirmi il secondo tempo» ha esclamato Marinka mentre tornavamo al Caffè degli Specchi per cambiarci.

«Neanche se mi dai cento euro» ho rincarato.

«Nemmeno pel un milione» ha riso Bocciolo di rosa.

Lule, dal canto suo, non potendosi abbassare al nostro livello, ha dichiarato che sarebbe rimasta volentieri ad ascoltare il resto del concerto, e che solo per solidarietà era uscita con noi. E comunque alla Scala era tutt'altra cosa, non potevi nemmeno entrare se non avevi la pelliccia.

«Allora non ci andrò mai» ha esclamato all'improvviso Marinka. «Tanto preferisco la musica balcanica».

Era la prima volta che Marinka diceva di preferire qualcosa di balcanico.

Mi sono chiesta se, cambiando d'abito, uno possa improvvisamente mutare anche identità.

Capitolo diciassettesimo

Decidiamo di riunirci a casa di Lule e Besim domani alle ore 19 per decidere che azione intraprendere in seguito alla Lettera. È un mercoledì e sia il ristorante Ganesh sia il Drago d'Oro sono chiusi per il turno di riposo.

«Che ne dite se chiamiamo il signor Rosso? Anche lui è coinvolto in questa storia, poveraccio» chiede Lule.

«Poveraccio un corno» sbuffa Marinka. «È l'unico che se la caverà senza pensieri».

«Che dici? Lo so?». Bocciolo di rosa è esterrefatta.

«Lo so che tu lo sai» sghignazza Marinka.

«LLL-osso» si sforza Bocciolo di rosa.

«Rrr-osso» la incoraggiamo all'unisono.

«Llll-osso» ripete Bocciolo di rosa. Poi, seccata, afferma che non è il momento per provare le consonanti, ci sono faccende ben più pressanti da discutere. «Quel Cazzi-neli volete chiamale?».

Non è mai corso buon sangue tra i due, questo lo sanno anche i muri di via Ungaretti 25. Ultimamente, però, la situazione si è fatta ancora più tesa.

* * *

Al piano terra di via Ungaretti 25, dietro al vano scale, ci sono le cantine. Il signor Zacchigna ne ha offerta una anche a noi quando siamo venuti a vivere qui, ma chiedeva cinquantamila lire in più al mese per venti metri quadri bui e umidi e così abbiamo deciso di farne a meno. Il signor Rosso ne ha voluta una per tenere i mobili d'epoca che non entravano nel suo appartamento.

I signori Fong hanno preso in affitto quattro cantine, e nessuno riusciva a capirne la logica. Quattro volte cinquantamila lire fanno duecentomila. Ma che avevano mai da conservarci dentro per tanti soldi?

Una volta l'ho domandato a Bocciolo di rosa, e il signor Fong, sebbene non capisca tanto l'italiano, è scattato e ha urlato qualcosa in cinese.

Allora Bocciolo di rosa, con le orecchie in fiamme, mi ha risposto che ci tenevano la merce del negozio della cugina di via Ghega e che i soldi dell'affitto glieli dava lei.

Il marito ha annuito violentemente. La sua testa sembrava la spada di un samurai.

Rincasando una sera, a Lule e suo marito è parso di sentire degli strani rumori provenire dalle cantine. Hanno subito pensato ai topi e non hanno tardato a mettere al corrente il signor Rosso, il quale ha sparso del veleno dappertutto e si è ripromesso di scendere ogni tanto a dare un'occhiata. Quando oramai, qualche mese dopo, pensava di togliere il veleno ormai scaduto, attribuendo tutta la faccenda a un bicchierino di grappa di troppo consumato dai signori Dardani, le cantine gli hanno riservato una brutta sorpresa.

Il signor Rosso di solito va a dormire verso le sette di sera. Una notte, però, ha sognato che i gatti randagi che sfama due volte al giorno erano entrati nella cantina e avevano inghiottito il veleno per topi ancora sparso sul pavimento. Così come stava, in pigiama e pantofole, si è precipitato giù ad assicurarsi che si trattasse solo di un incubo. Dovevano essere le dieci o le undici di sera.

Avvicinatosi alla porta principale delle cantine, ha sentito dei rumori. Il sangue gli si è gelato nelle vene. Non sapeva se si trattasse di topi, troppo furbi per ingerire del veleno, o dei suoi gatti in fin di vita.

Poi ha notato una luce provenire da sotto una delle cantine dei signori Fong. «Maledetti negri!» ha imprecato. «Io ho una sola cantina, e per colpa del contatore unico mi tocca spartire la bolletta a metà con quei *mania gatti* che ne hanno ben quattro. E dimenticano pure la luce accesa, come se l'elettricità fosse un dono di Dio».

Potete immaginarvi lo spavento del signor Rosso quando, provando la maniglia della cantina con la luce accesa, la porta si è aperta e si è ritrovato faccia a faccia con almeno dieci cinesi in vari stadi di svestizione su altrettanti stuoini.

«Ma che cazzo succede qui?» ha domandato a quel punto, sfregandosi gli occhi. «C'è stata un'invasione? Chi siete? Cosa fate qui in casa mia?».

Il signor Fong si è fatto avanti dondolando la testa. «Non ti pleocupa. Essele mia famiglia».

«Tua famiglia? Ma quanti siete? Perché vive qui la tua famiglia? Sono persone o topi di fogna? Ora chiamo la polizia» ha sbraitato il vecchio sbattendo la porta e avviandosi alle scale per rientrare in casa. Il signor Fong gli camminava dietro, supplicandolo di non avvertire nessuno. Il baccano, invece, ha svegliato tutta la palazzina.

Ci è voluta tutta la forza persuasiva di Lule e Besim per impedire al signor Rosso di far intervenire le forze dell'ordine. I dieci cinesi ospitati nella cantina non avevano il permesso di soggiorno. Non erano nemmeno parenti dei Fong, ma dei neo-schiavi in attesa di conoscere la loro destinazione finale in qualche fabbrica clandestina nel nordest. Nel frattempo, Bocciolo di rosa teneva in casa, al caldo, i bambini di quei poveri disgraziati, facendoli passare per suoi nipoti. In verità aveva solo due figli, e nessuno degli altri piccoli era parente vero.

Mi era venuto tante volte il sospetto di come potesse avere tanti nipoti in Italia, visto che non parlava mai di sorelle o cognate, ma non glielo avevo mai chiesto.

Così quella sera è venuta fuori la triste verità. I Fong non sono nemmeno i padroni del loro ristorante, come abbiamo sempre creduto. Sono dei semplici disgraziati come noi, ricattati dalla mafia cinese, schiacciati da un debito gigantesco contratto per pagarsi il viaggio dalla Cina all'Italia, costretti a lavorare tutta la vita al ristorante per una paga da fame e con l'obbligo un giorno di farci lavorare anche i figli.

«Quindi la signora che vive con voi non è tua suocera. Viene ricattata anche lei?» ha chiesto Marinka a Bocciolo di rosa.

«No» ha sussurrato Bocciolo di rosa, storcendo la bocca. «Lei è davelo mia suocela, e tolmenta solo me!».

Lule ha implorato il signor Rosso di avere un po' di cuore.

«Questa gente non è né malvagia né sporca. Sono solo clandestini e disperati» ha cercato di spiegare.

Il signor Fong ha promesso persino al signor Rosso che da quel momento in poi avrebbe pagato l'intera bolletta della luce della cantina, raddoppiato la sua quota della bolletta d'acqua, e che gli avrebbe fatto avere pasti cinesi gratis a pranzo e cena.

«Non mangio gatti» ha borbottato il signor Rosso. «E poi non tollero l'illegalità. Sono un uomo che rispetta la legge, io!».

E ora, per i Fong ecco arrivare tra capo e collo anche la Lettera. Bocciolo di rosa, abituata fin da piccola a nascondere lo stato d'animo almeno fuori casa, è sull'orlo di una crisi di nervi. Lo si vede dalle mani che le tremano mentre parla, dal fatto che indossa lo stesso vestito da tre giorni, e dai capelli sporchi e arruffati.

Capitolo diciottesimo

Io propongo di chiedere a Laura di venire alla riunione di domani. Lei ci saprà consigliare, è molto informata sui diritti delle minoranze.

«Ancora con questa Laura» sbuffa Marinka. «Sembra che sia l'unica al mondo ad avere un cervello. Voi cosa avete in testa, solo aria? E poi noi non facciamo parte della minoranza. Noi siamo stranieri. Non abbiamo diritti, abbiamo solo doveri».

Marinka è arrabbiata con Laura perché continua a farci le stesse domande durante le nostre lezioni: «Perché siete venute qui? Cosa facevate quando stavate a casa vostra? Qual è stata la vostra prima impressione dell'Italia?».

«Italia!» le ha risposto un giorno Marinka, estremamente contrariata dalla sua insistenza. «Kvando a voi triestini vi sta bene, dite di essere in Italia. Kvando non vi sta bene, in un battibaleno diventate austriaci o longobardi o Dio sa cosa».

Laura ha stretto le labbra senza rispondere e senza correggerla. Anche a lei una volta era scappata una frase come: «Ragazze, devo cancellare la nostra lezione di martedì perché devo andare due giorni in Italia per fare un sit-in davanti a Montecitorio contro la riforma Moratti».

«È vero che non sembra tanto di stare in Italia qui, con questa architettura così diversa» è allora intervenuta provvidenzialmente Lule, l'unica ad aver seguito il consiglio di Laura e ad acquistare un libro sull'architettura neoclassica di Trieste. Ogni giorno se ne viene fuori con una nuova storia e ci rompe l'anima per andare a vedere il palazzo di cui ha appena letto la descrizione e ammirare tutte le statue allegoriche che ammiccano dalle facciate e dal tetto. Ancora ci ricordiamo di quella volta in cui, strappando dal giornale un articolo di due colonne sul Palazzo Gopcevich, è diventata il massimo esperto sulla battaglia del Campo dei Merli. Scherzando, Marinka dietro le spalle la chiama tuttora Cicerone.

«Anche il cibo che cucinate a Trieste è così diverso dal tradizionale mangiare italiano. Qui c'è solo il maiale cotto in mille modi» avrei voluto aggiungere, ma sono stata zitta.

«Anche gente di Tlieste non è come lesto Italia» ha osservato Bocciolo di rosa, che è vissuta qualche anno a Ladispoli prima di venire al nord. «Qui sono alti, biondi, come Balbie. E nessuno va chiesa. A Ladispoli, domenica tutti vanno chiesa».

«Anche *la* gente. Come *nel resto d'Italia*» ha cominciato a correggerla Laura con il suo solito puntiglio, anche per cercare di cambiare discorso.

«È logico. Qui sono tutti stinchi di santi mitteleuropei. Non sono mica *taljani*» l'ha interrotta Marinka. Quando vuole, sa essere molto sarcastica. E non molla mai l'osso.

Ci stavamo addentrando in un campo minato, si notava da come a Laura tremava il labbro superiore. Benché sia fiera di vivere in una città multietnica per storia e per vocazione, parlare dell'Italia le mette sempre i nervi allo scoperto.

Ma Marinka non demordeva. «Come si può parlare di integrazione degli stranieri quando a volte siete voi italiani a non sentirvi parte della stessa nazione?».

«Bene, bene» si è affrettata a dire Laura, cercando di riprendere il controllo della situazione ed evitare che prendesse una brutta piega. «Facciamo un rapido ripasso della forma comparativa. Vediamo, fatemi dei paragoni tra i vostri paesi e l'Italia. Bocciolo di rosa, vuoi iniziare tu?».

«C'è più gente in Cina che in Italia» ha risposto Bocciolo

di rosa, cercando come sempre di mediare tra le parti. Intanto la vedevo vagare con la mente e ripensare ai clandestini stipati nella cantina.

«Brava! Ti sei ricordata le preposizioni, questa volta» è intervenuta Laura cercando di darle man forte.

«C'è più pulizia in Italia che in India» ho detto io, chiedendomi se davvero in cantina non ci fossero i ratti. Era appena scoppiata la peste bubbonica in Gujerat, uno stato centrosettentrionale dell'India. Stavano morendo migliaia di persone e la malattia era altamente contagiosa.

«Ci sono più soldi in Italia che in Albania» ha asserito Lule.

"Eppure c'è ancora chi è costretto a vivere in bunker umidi e puzzolenti, peggio dei topi" non ho potuto fare a meno di pensare.

«E tu, Marinka?» ha chiesto Laura.

Ci aspettavamo tutte un'esplosione, ma Marinka ha sollevato il mento con gesto fiero.

«C'è la pace».

«No» ha ribattuto Laura, scuotendo la testa.

Quattro donne che indossavano il burka di altri pensieri improvvisamente si sono voltate verso di lei, chiedendosi se si riferisse alla pace o solo a un errore di grammatica.

«Questa non è una frase comparativa» ha chiarito Laura. «Guarda il libro e fammi un esempio corretto».

Marinka ha girato la testa verso la parete e ha fatto una smorfia prima di rispondere. «So usare kvesto cacchio di comparativo, ma non posso dire che c'è più pace in Italia che in Bosnia perché in Bosnia la pace non c'è. Non ci sarà mai. È solo una finta tregua».

Imbarazzate, abbiamo distolto lo sguardo. Bocciolo di rosa si è messa a esaminare una piega del suo vestito di raso blu notte, io scrutavo l'estremità della mia treccia alla ricerca di improbabili doppie punte, e Lule giocava con il suo pendente d'oro, lucidandolo con il pollice destro. Il silenzio era spettrale.

Alla fine Marinka si è voltata verso di noi e ha detto: «Be', ci provo, va».

Abbiamo aspettato tutte con trepidazione che costruisse la sua frase e finisse la lezione.

«In Italia c'è meno odio che in Bosnia».

Capitolo diciannovesimo

Noi donne abbiamo tessuto una fitta trama d'amicizia, ma purtroppo i nostri mariti non si conoscono tanto bene perché sono quasi sempre al lavoro e nel poco tempo libero di cui dispongono preferiscono stare a casa oppure con i propri connazionali.

Bobo fa il manovale giornaliero. È tozzo e forte come un cavallo maremmano. Alle quattro di mattina si reca in piazza Garibaldi e aspetta i caporali. Di solito, la sera prima, al bar della piazza, gli amici gli dicono se da qualche parte c'è lavoro e mettono una buona parola per lui. È una vita assai dura, ma Bobo lavora sodo e guadagna abbastanza bene.

Il signor Fong non parla granché l'italiano e di solito rimane in casa e passa parecchio tempo nella cantina al piano terra. È mingherlino, schivo e riservato, e ha la faccia sempre seria.

Mio marito Ashok sembra un panda. Tra quello che pilucca al ristorante e quello che mangia a casa si sta allargando a vista d'occhio. È sempre sorridente e fa ridere tutti, soprattutto nostra figlia Kamla, che lo adora. Ashok prende la vita con filosofia, non l'ho mai visto preoccupato o arrabbiato. Sono fortunata ad aver trovato un marito come lui.

Come sua moglie Lule, l'ingegnere Dardani sembra essere nato con la puzza sotto il naso. Ma forse è solo un'impressione. Magari ti guarda dall'alto in basso perché è molto alto e non ha altra scelta. Apparentemente solo il signor Rosso è degno della sua conversazione. Se incontra uno di noialtri sulle scale si limita a un commento sul tempo, mentre con il signor Rosso si lancia in grandi discussioni filosofiche e politiche. Noi non riusciamo a capire perché i Dardani siano così servizievoli nei confronti del vecchio burbero. Marinka è convinta che gli «lecchino il culo» solo per secondi fini, per «beccarsi un giorno il suo appartamento».

Non è facile farle notare che il signor Rosso è in affitto come noi.

«Chissà che bel gruzzolo ha da parte, tra la pensione d'invalidità, i soldi dell'appartamento della madre e tutti quei mobili antichi» conclude sempre mettendo tutti a tacere.

Capitolo ventesimo

Prima della riunione di mercoledì, ci è capitato solo una volta di stare tutti quanti insieme. Tutti tranne il signor Rosso, intendo.

La scorsa primavera, come compito d'italiano, Laura ci ha incaricato di andare a visitare il Castello di Miramare per poi scrivere le nostre impressioni. A Laura sta molto a cuore che le nostre lezioni non consistano solo in estenuanti esercizi di grammatica. Secondo lei, imparare la lingua non basta, dobbiamo renderci partecipi della società triestina e apprendere anche gli usi e i costumi locali: ordinare un "capo in B senza schiuma" o un "gocciato lungo" al bancone di un bar, fare il giro delle sagre e gustare le enormi grigliate di carne, andare alle *osmizze* per assaporare il vino dei contadini e i cibi di loro produzione: formaggio fresco, salame, prosciutto crudo, lardo, pancetta e uova sode. Io in genere mi limitavo ai prodotti vegetariani e mi godevo l'atmosfera tipica di questi ritrovi casalinghi sull'altipiano carsico. Una mangiata di fette d'anguria e una scorpacciata di sardoni sul lungomare di Muggia in estate, invece, sono altri riti che abbiamo dovuto conoscere per poi redigere le nostre tre cartelle di commento.

I nostri mariti hanno accettato di buon grado di partecipare al nostro compito, anche se, più che altro perché sono uomini, hanno tutti avuto qualcosa da ridire. Bobo ha chiesto perché non potevamo scegliere noi il luogo da descrivere invece di visitare per forza il castello. Se fosse stato per lui, saremmo andati tutti allo stadio Nereo Rocco. Ashok avrebbe preferito andare alla Grotta Gigante, una delle più grandi d'Europa. Non conoscendo molto Trieste, il signor Fong avrebbe potuto optare solo per la bisca clandestina della domenica gestita dai cinesi in casa di uno dei cuochi del Drago d'Oro. Quanto a Besim Dardani, trovava che il castello fosse molto interessante, lo aveva già visitato parecchie volte ma, come si suol dire, non si finisce mai di imparare: l'architettura, l'arredo, la pavimentazione... Questa volta si sarebbe dedicato ai meravigliosi giardini con gli alberi secolari, passione dell'imperatore Massimiliano, che li aveva personalmente fatti arrivare dai quattro angoli del mondo.

* * *

Era una splendida giornata limpida e tersa, di quelle che la fine di maggio sa regalare a Trieste. Proprio come i gitanti di via Ungaretti 25, la città era tirata a lucido. Nessuno di noi possiede un'automobile, perciò abbiamo preso l'autobus che da piazza Oberdan porta a Barcola. Da lì, avremmo fatto una passeggiata di mezz'ora lungo il mare per raggiungere il castello.

I ragazzi erano eccitatissimi. Kamla, nei suoi jeans nuovi acquistati per l'occasione, saltava su e giù come un grillo, recitando poesie ad alta voce e tirando per mano i gemelli di Marinka. C'erano anche i due figli di Bocciolo di rosa, ma erano troppo piccoli per giocare con Kamla. La guardavano con gli occhi spalancati, la bava che gli colava dalla bocca aperta.

Ashok osservava nostra figlia con stupore. Continuava a trovarla cambiata. Diceva che la vedeva diversa.

«Si chiama crescere» l'ho rassicurato. «Non devi preoccuparti».

In realtà Ashok aveva preso paura la sera prima, quando

Kamla era andata da lui e gli aveva chiesto se il signor Alberto poteva venire in gita con noi.

A mio marito il nome non era nuovo, anche se non capiva bene di chi si trattasse. Kamla gli aveva già raccontato di lui, dicendogli che a casa di questo signor Alberto aveva parlato con una capra.

«Ma perché questo signore ti sta così a cuore?» le aveva chiesto allora Ashok alla vigilia della gita. «È quello che mi hai detto che tiene le capre in casa?».

Kamla aveva guardato il padre con perplessità. Poi un raggio di luce le aveva illuminato il viso, e aveva recitato:

«Ho parlato a una capra,

Era sola sul prato, era legata,

Sazia d'erba, bagnata

Dalla pioggia, belava».

Ashok si era girato verso di me con un'espressione costernata. «Dovresti aver più cura di tua figlia» mi avevano rimproverato i suoi occhi.

Dopo aver congedato nostra figlia, mi aveva chiamato.

«Hai sentito alla televisione tutte queste storie di pedofili o no? Chi diavolo è questo Alberto? Che ne sappiamo di lui? Perché ha una capra in casa? Cosa fa con questa capra? Lo sai che qui non hanno le case chiuse come da noi, e allora gli uomini a volte diventano strani».

«Ma che hai capito?» avevo risposto seccata. «Il signor Alberto non è altro che il nostro Cazzo Altrineri».

«Davvero?».

«Sì, le ha detto di chiamarlo signor Alberto. E non si tratta di una capra vera, è una poesia. Le ha regalato un libro di poesie di Saba».

«Ah» aveva commentato a quel punto Ashok, sentendosi un po' stupido. «Allora forse potremmo invitarlo a venire con noi».

«Ma sei pazzo? Se viene lui, non verranno tutti gli altri».

«È un peccato che stia sempre chiuso in casa da solo, poveretto» aveva rimarcato. «Un po' di aria fresca gli farebbe bene. E poi dovrei parlare con lui e chiedergli una cosa».

«Cosa?».

«Se anche la Risiera di San Saba è dedicata al poeta. Non capisco cosa c'entra la poesia con un luogo simile. È tanto tempo che voglio dire a Kamla di domandarglielo».

«Non ci pensare nemmeno!» avevo tuonato. «Non voglio che mia figlia sappia che esiste un luogo del genere! E poi mi sembra che si scriva con due "b". Sabba, non Saba».

Ashok mi aveva guardato con ammirazione. «E tu che ne sai? Ci sei stata?».

Mi ero morsa le labbra giusto in tempo.

«L'ho letto sul giornale» avevo aggiunto piano.

Eravamo sull'autobus numero 6, a piazza Oberdan, e attorno a noi c'era una gran curiosità. Di solito la linea che porta al lungomare di Barcola è frequentata da quattro tipi di persone: coppie anziane che vanno a passeggiare, ragazzini che marinano la scuola per amoreggiare sulle grotte, pazzi che non sanno dove vanno e una folta comunità di stranieri diretti all'Istituto di fisica teorica di Miramare.

«*Sè forestieri?*» ci ha domandato una signora anziana in un tailleur color panna, tutta ingioiellata. Suo marito, che aveva più rughe di un carlino, la guardava in cagnesco.

Ho annuito. Oramai il dialetto lo riesco a seguire. È essenziale per la sopravvivenza. Inoltre, Laura fa parte anche del "Comitato per la promulgazione del dialetto triestino", e impepa le nostre lezioni di qualche parola di dialetto puro.

«*Ciao, picia. Come te se ciami?*» ha chiesto ancora la signora.

Kamla ha guardato quella strana creatura, metà donna, metà barboncino, e l'ha degnata di un veloce «Camilla» prima di correre dall'altra parte dell'autobus, dove i gemelli

Dragan e Peter si dondolavano dalla sbarra posta davanti alla cabina di guida.

L'anziana continuava a parlarci, benché nessuno le desse molto retta.

«Sè scienziati, xe vero? Andè in quel Istituto là de Miramar per studiar? Che teste che gavè!».

Io e Marinka sorridevamo, Lule si pavoneggiava e Bocciolo di rosa non capiva.

La donna invece si girava di tanto in tanto verso il marito, che si era rifugiato dietro alle pagine del *Piccolo* per evitare di essere coinvolto nella conversazione.

Gli anziani – e soprattutto le anziane – di questa città sono assai eccentrici. Hanno un'energia e una grinta da far invidia ai ventenni, e sugli autobus spingono e imprecano come gli adolescenti con i loro enormi zaini sulle spalle. Tanti si sentono molto soli. Alla fermata ti raccontano tutta la loro vita – figli, malattie, disgrazie delle loro vicine di casa – quasi foste vecchi amici. Poi salgono sull'autobus e fanno finta di non averti mai visto prima, mentre ti strattonano per accaparrarsi un posto.

«Te digo mi, Paolo, questi forestieri ga delle teste. Un giorno o l'altro comanderanno lori».

Suo marito, da dietro il quotidiano, si è fatto il segno della croce.

«Mica come quei altri la zò!» ha aggiunto con disprezzo la vecchia signora.

Seguendo il suo sguardo, abbiamo visto due distinti signori di colore seduti in ultima fila.

«Voi se studiati. A noi va ben gaver gente istruida qua. Volemo gente brava, non vu cumprà. Voi vi lavè, quei altri spuzza. Porta malattie, bestie». Mimava le sue parole, tappandosi il naso.

«Dài, basta, Lidia, lascia in pace le persone» le ha ordinato secco il marito, risistemandosi il collo della camicia bianca a quadretti sotto la giacca grigia.

«Perché?» ha chiesto la signora anziana, stupita. «*Me piazi parlar con la gente de fora. Me piazi saver come che i vivi. Voi, per esempio, go sentì dir alla television, Alle Falde del Kilimangiaro, xe un bel programma di quela là, biondina, come se ciama? Paolo, come se ciama quela conduttrice...*».
«Licia Colò».
«*Ah, sì. Bravo. Beh, go sentido dir che nel vostro paese maniè can. Fè di tutto col can: polpette, sugo, calandraca*».

La domanda ovviamente era rivolta a Bocciolo di rosa, che per fortuna non riusciva a seguire nemmeno una parola di quello che diceva la signora.

Stavo per dirle che i cani li mangiano forse in Corea, non in Cina, ma Marinka mi ha premuto leggermente sul braccio per dirmi di lasciar perdere. Peraltro, una di ottant'anni che andava in giro come una Madonna barocca piena di oro non poteva avere tutte le rotelle a posto.

«*Beh, meglio can di niente*» ha commentato l'anziana. «*Quei poveri disgraziai*» e si è girata di nuovo per indicare i signori di colore in fondo all'autobus, «*lori non ga niente. Nizba. Neanche can. Per quello vengono qui per vender quattro stracci per strada*».

«E a rompere le palle alla gente» è stato il primo e ultimo commento del marito.

Per fortuna siamo arrivati a destinazione sani e salvi, senza che Bobo andasse in escandescenze. Lui si offende tantissimo quando sente parlare così la gente. La cosa rattrista anche noi, ma abbiamo accettato il fatto che nel mondo certe persone sono razziste, tante altre no. Noi ci facciamo i fatti nostri, e se troviamo persone gentili siamo felici di scambiare quattro chiacchiere. Quando incontriamo quelli che ci insultano o ci guardano come se fossimo animali, ci giriamo dall'altra parte facendo finta di niente.

D'altronde, anche in India, se viene una signora bionda vestita con i pantaloncini corti tutti si girano a fissarla come fosse una marziana, e non vi dico poi i commenti...

Dopo che Ashok e Besim hanno aiutato l'anziana a scendere dall'autobus, ci siamo incamminati verso il castello. I due signori di colore erano proprio dietro a noi e ci hanno salutato in inglese.

«Non sono nemmeno dei vu cumprà» ha detto Ashok. «Ma gli italiani, basta che mettono tutti gli extracomunitari nello stesso calderone! Non si accorgono mica che la soia non lega molto con i *cevapcici* e la manioca non ha niente a che fare con il curry».

Il sole bagnava d'oro tutto il lungomare. Le acque del golfo si erano tramutate in una gigantesca zuppiera di olio extravergine, gli scogli in tanti pezzettini di pane abbrustolito. Qua e là si vedevano persone sdraiate in costume da bagno a prendere il sole. I triestini sono come le iguane, appena spunta il sole corrono tutti al mare a ricaricarsi d'energia. Il vecchio signor Rosso, che se ne sta sempre a casa sepolto nei suoi libri di poesia e accusa le sinistre di aver riempito l'Italia di sporchi negri, non sa forse che proprio la sua gente fa di tutto per diventare scura?

Su consiglio di Laura avevamo portato del pane raffermo da buttare ai gabbiani all'entrata del castello. Kamla e i piccoli Fong correvano avanti e indietro, le mani in alto, urlando come gabbianelli.

Sempre su consiglio di Laura, ci eravamo portati dietro tutto il necessario per un picnic sui prati del parco di Miramare. Poi avremmo dovuto assolutamente visitare il castello. Laura lo aveva ribadito forte e chiaro durante la lezione a casa di Marinka, tanto che Bobo le aveva fatto un gesto poco simpatico alle spalle.

In realtà Bobo Laura non la può proprio vedere. Una sera, in cerca di solidarietà maschile, si era addirittura lamentato con Ashok sulle scale: «Queste lezioni che costano un occhio della testa! E poi questa zitellona magra come una carruba che riempie la testa di mia moglie con strane idee di parità tra i sessi e doveri coniugali dei mariti. E che non esita a fare la voce grossa anche con un uomo... Ma che razza di donna è?».

Comunque sia, quando siamo arrivati al castello, gli uomini (tranne Besim, naturalmente) si sono rifiutati di entrare, e non solo perché l'ingresso costava sei euro a testa. Hanno subito detto che avrebbero tenuto compagnia ai bambini, portandoli al laghetto dei cigni, poi all'oasi delle farfalle e infine a prendere un gelato al bar. Noi donne siamo andate a fare un bagno di cultura. Besim si è fermato a discutere la ristrutturazione dell'*Atrio d'onore* con il perito che ha trovato al castello.

* * *

"Mi sono domandata quanti domestici servono per tener pulita una casa così grande, e se ci lavora qualche extracomunitario. Però è stata la giornata più bella da quando sono a Trieste" ho scritto nel mio compito per Laura.

"Sono stata molto felice di vedere la stanza cinese della principessa Carlotta" ha commentato Bocciolo di rosa.

"Nella mia villa a Durazzo ho un lampadario molto simile a quello che c'è nella sala da pranzo, e la tappezzeria della *Sala del trono* è proprio uguale a quella che ho nel mio atrio" ha dichiarato Lule.

"Ma una volta tutte le donne erano cicciottelle e avevano i baffi!" ha sottolineato Marinka con gioia.

Capitolo ventunesimo

Ci ritroviamo a casa di Lule per la riunione. Per l'occasione ha apparecchiato il tavolo nel soggiorno con una bellissima tovaglia bianca che ha piccole margherite gialle ricamate sul bordo. Sopra ha sistemato un vassoio d'argento con un *presnitz* triestino, tartine di Philadelphia al salmone, biscotti al sesamo e tanti piccoli bicchieri vuoti per la grappa.

C'è anche Laura, un po' di fretta perché deve presiedere a un incontro del "Comitato contro la rimozione della pavimentazione storica di Riva Nazario Sauro" tra un'ora.

Il signor Rosso invece ha fatto sapere che non parteciperà, non ha intenzione di dare troppa importanza alla Lettera.

«Cominciamo?» trilla la nostra insegnante. Ma nessuno sembra darle molta retta.

Io, Marinka e Bocciolo di rosa siamo tutte prese ad ammirare la fattura della tovaglia. Lule si pavoneggia, proclamando che nella sua villa di Durazzo di queste tovaglie "semplici" ne ha a bizzeffe e ce ne porterà qualcuna quando andrà la prossima volta.

«Avrà una casa grande almeno quanto il Louvre» mi bisbiglia Marinka. «Ogni oggetto che nomini, pare che ne abbia uno uguale o migliore a Durazzo!».

Gli uomini sono intenti a scegliere quale grappa assaggiare tra il vasto assortimento nel bar di Besim.

Bobo, in particolare, ha accettato molto malvolentieri il fatto che Laura venisse alla nostra riunione. Da quando lei gli ha detto che dovrebbe lavarsi e stirarsi i vestiti da solo, pensa che sia nata per seminare zizzania, che sia una femminista rompiscatole, insomma.

Ora se ne sta lì a guardarla attraverso il fondo del suo bicchierino di grappa, e la invita ad andarsene quando vuole, se proprio va così di fretta.

Per calmare le acque, Ashok prende la parola e comincia subito a parlare della Lettera, sperando che la decisione collettiva sia di non soddisfare la richiesta della missiva.

«Non ci scomòderemo per fare i comodi di quelli che vogliono terminare il comodato». Ma il suo sfoggio linguistico, che attendeva le nostre risate, cade nel vuoto. Sorridiamo amaramente, invece. Qualcuno annuisce e si alza un brusio di commenti. Laura aggrotta la fronte.

«Non è questo il modo di procedere parlando tutti insieme. Qui si discute del vostro futuro, non si tratta di una festicciola. Ci vuole un ordine del giorno» fa notare.

«Chi *ze* questa venuta a dirci di far ordine?» borbotta Bobo, già al terzo bicchierino di grappa. «Andasse a riordinare casa sua».

Ma a nulla vale lo sguardo rabbuiato che lancia all'ingegnere Dardani per dirgli di intervenire e non farsi mettere i piedi in testa. Besim Dardani, taciturno per natura, lascia fare.

«Allora, visto che nessuno di voi ha preparato un ordine del giorno, lo stilo io» continua imperterrita Laura. «Bene, al primo punto mettiamo la lettura della Lettera che avete ricevuto» aggiunge.

«E che cos'altro, se no? Quante volte alla settimana i mariti devono lavarsi le mutande?» la interrompe Bobo, già decisamente alterato.

«Poi vedremo quali sono le nostre contromosse. Terzo, discutiamo se far intervenire un avvocato».

«Avvocato?» tuona Bobo. «Chi ha detto che vogliamo un avvocato? Mica abbiamo così tanti *schei*».

«È solo l'ordine del giorno. Non occorre che ti scaldi tanto» commenta Laura.

«*Usutì ženo*! Ma chiudi un po' la bocca, donna! Basta con questo tuo ordine. Perché pensate che noi stranieri facciamo solo *scandal*?».

«Dài, dài, procediamo» trilla Lule, elargendo un sorriso ai suoi ospiti. «Vediamo questa Lettera. Chi la vuole leggere?».

«Sembra che solo una persona presente in questa stanza ne sia capace. Lasciamo a lei l'onore, allora». Bobo ormai è una furia.

La riunione somiglia sempre più a uno scontro diretto fra Bobo e Laura. Laura lo guarda fisso negli occhi, poi sbatte le ciglia e rosicchia la punta della penna che nel frattempo Lule le ha portato.

«Dài, Bobo, *pusti, nemoj sad to*». Marinka lancia uno sguardo fulminante verso suo marito. «Di kvesto passo non andremo mai avanti. Silenzio tutti, ora. Avanti, Laura, leggi maledetta Lettera». Marinka fa valere il suo carattere forte, ma il suo difetto di pronuncia riaffiora, tradendo la sua preoccupazione.

Abbiamo tutti quanti la Lettera in casa da tre giorni, e l'abbiamo letta e riletta. Ma nessuno l'ha capita fino in fondo.

«A che cosa ti servono queste lezioni d'italiano se non sai nemmeno leggere una lettera!» ha borbottato Ashok quando gli ho confessato che non ne avevo capito granché. Chi diavolo era S.V. ad esempio? Io sono S.K., Shanti Kumar. All'inizio ho pensato che ci fosse un errore di battitura. Poi, quando ho visto che tutti quanti avevano lo stesso testo, mi sono scervellata per tutto il pomeriggio per trovare una risposta, fino a quando un cliente di Ashok al ristorante non ha risolto l'enigma.

«Invece di insegnarvi a non lavare le calze e le mutande dei vostri mariti, poteva spiegarvi il linguaggio burocratico» ha sibilato Bobo a Marinka.

Il signor Fong invece ha nascosto subito il foglio in una scatola di lacca nera senza dire niente, affidandosi, riguardo al contenuto, a quello che gli abbiamo riferito noialtri inquilini.

Quanto a Lule e Besim Dardani, hanno subito detto di aver capito le implicazioni di una tale missiva, ma poi, quando abbiamo chiesto cosa significasse la "recessione dal comodato", hanno tergiversato.

Laura legge ad alta voce e noi la seguiamo attentamente, in un silenzio gravido di supposizioni, con le nostre copie ormai sgualcite davanti a noi.

> *Oggetto: comunicazione di recessione dal comodato*
>
> *Con la presente si informa la S.V. che, in seguito al decesso del signor Zacchigna Enrico, il suo unico erede il signor Zacchigna Mauro La invita a liberare l'appartamento concessoLe in comodato nell'immobile sito a Trieste, in Via Ungaretti al numero civico 25, entro giorni sessanta dalla data di ricezione della presente.*
>
> *In caso d'inadempienza, il proprietario sarà costretto a intraprendere un'azione legale per avviare la procedura di sfratto, in quanto è sua intenzione svolgere una manutenzione straordinaria giacché l'edificio in questione versa in uno stato di grave degrado e risulta essere pericolante.*
>
> *Per eventuali chiarimenti la S.V. è pregata di mettersi in contatto con lo studio legale incaricato, le cui generalità sono poste in calce.*
>
> *In fede*
>
> *Zacchigna Mauro*

Laura posa la Lettera sul tavolo, ripiega i suoi sottili occhiali da vista e li mette via nella custodia di plastica rossa. Poi ci scruta in silenzio.

«Non possono mica buttarci *fora* casa!» attacca Bobo. «E se ci provassero, possiamo sempre barricarci negli appartamenti e rifiutarci di andare via. L'ho visto fare alla televisione».

«Hai ragione. Il signor Rosso dice che nessuno può farci sloggiare con la forza. E dice anche che, almeno per quel che lo riguarda, dovranno passare sul suo cadavère» riferisce Ashok.

«Cadàvere» lo correggo per riflesso automatico.

«Ma cosa andate dietro a un vecchio rimbambito» sbuffa Laura. «Cosa ne sa lui? La Lettera parla chiaro, avete due mesi di tempo».

«Sa tutto lei» mormora Bobo, strizzando l'occhio e dando una gomitata goliardica al signor Fong.

Il marito di Bocciolo di rosa però sembra perso, non segue il discorso. Si mangia le unghie, continua a versarsi la grappa e fuma una sigaretta dopo l'altra.

Laura sostiene che possiamo comunque rivolgerci al Sunia, il sindacato degli inquilini, e pensare all'eventualità di far eseguire una perizia sull'immobile per conto nostro e consultare poi un avvocato. Se però intendiamo ignorare l'avviso e in futuro opporci all'istanza di sfratto, ci sarà molto lavoro da fare e non si sa come andrà a finire.

Messa in questi termini, nuda e cruda, la verità ci raggela.

«Andiamo al Comitato degli immigrati» suggerisce Ashok. «Conosco il presidente».

«Non possono fare niente per noi» commenta Laura.

«Andiamo a parlare con questi legali di Zacchigna, allora» propone Lule.

«È una perdita di tempo» risponde Laura. «Non avete capito con chi avete a che fare? Pensate che gente di quel tipo si commuova sentendo la vostra storia? Zacchigna si è rivolto a degli squali. Datevi da fare sin d'ora per cercare una sistemazione alternativa, lasciar correre non serve a niente. E poi questo palazzo non è proprio la fine del mondo».

Quello che dice Laura è vero. Via Ungaretti 25 non è la fine del mondo. Però è casa nostra da quasi otto anni. Ci siamo affezionati allo scalino in pietra del primo piano che balla quando carichi troppo peso a sinistra, al portone che si apre continuamente per la bora, all'odore dei cibi internazionali che ha impregnato indelebilmente il vano scale. Era una palazzina molto più fatiscente quando siamo entrati, e nel corso degli anni tutti quanti abbiamo contribuito ad apportare delle migliorie. Bobo ha sottratto qualche vaso di pittura e alcuni sacchi di malta dal cantiere dove lavorava e ha messo a posto l'atrio che aveva le sembianze di una caverna. Il signor Fong ha steso una stuoia di bambù con un disegno ikebana per nascondere il contatore dell'acqua e ha appeso un lampadario cinese nell'atrio. Ashok ha sistemato la ringhiera di legno delle scale e l'ha verniciata. Besim, quanto a lui, essendo un ingegnere non poteva abbassarsi a eseguire lavori manuali, quindi ha fatto un mucchio di complimenti a tutti e si è incaricato della lettura mensile dei contatori per evitare che l'Acegas ci fregasse con i consumi stimati. A onor del vero, ha anche ideato un sistema di doccia mobile in ogni gabinetto comune. Il signor Rosso, infine, ha brontolato che non occorreva fare niente e che i negri creavano solo disagio, polvere, rumore e puzza di vernice. Chiaramente non ha partecipato alle spese.

Adesso, anche se la luce del vano scale va e viene come le lampadine intermittenti di un albero di Natale per via dei fili consumati, anche se le tubature sono come vecchi tisici – appena aperti sputano ruggine –, i gabinetti si trovano all'esterno degli appartamenti e le finestre non si chiudono bene tanto che le case sono piene di spifferi, questo è diventato il nostro rifugio. E siamo tutti consapevoli che per quattrocentomila lire, spese incluse, in una palazzina in pieno centro storico non potevamo pretendere di più. Ora, con il raddoppio dei prezzi di questi ultimi anni, trovare un'altra casa sarebbe molto più difficile.

«Il *giovine* Zacchigna non può farci questo!» dice Bobo, cercando di celare la sua inquietudine dietro al tono perentorio.

«Sì che può» risponde Laura piano. «E non aveva nemmeno bisogno di mandarvi questa Lettera» ci ricorda.

«Bontà sua che si è preso la briga di spedirla tre giorni dopo la morte del padre» dice Marinka con una smorfia che non tutti notano.

«Vedi allora che non è l'orco che ci vuoi dipingere?» riattacca Bobo rivolgendosi a Laura.

«Smettila di sognare e apri gli occhi, Bobo. E poi sto solo cercando di aiutare» mormora Laura, risentita. Non è abituata a essere trattata così.

«*Śuti bona*! Smetti di dirmi cosa fare, donna! Aiuteresti di più chiudendo la bocca ogni tanto. Non lo sai che le donne si devono *vèder* ma non sentir?».

Laura è arrabbiata, si vede da come attorciglia i lunghi capelli bianchi attorno alle dita. In due minuti la sua chioma lunga e dritta diventa la parrucca del Re Sole.

«Non ti permetto di parlarmi in questo modo» dice tremando.

Non vola una mosca. Ammutoliti e immobili, con lo sguardo fisso e alienato, osserviamo lo scambio tra i due come se si trattasse del momento topico di un film dell'orrore.

«Era ora che qualcuno ti insegnasse a stare un po' zitta. Per forza che sei ancora zitella! Non fai altro che *ciacolar* e *ciacolar* tutto il santo giorno. Lo credo bene che nessun povero diavolo è riuscito a starti accanto! Meglio così, però. Gli sarebbe toccato lavarsi i calzini da solo, e magari farsi anche da mangiare dopo una dura giornata di lavoro».

«E che c'è di male a lavarsi i calzini e farsi da mangiare?» chiede Laura.

«Che c'è di male? Prova tu ad alzarti alle quattro di mattina per andare a cercare lavoro. Sgobba tutto il giorno per quaranta miserabili euro. Questo c'è di male, donna. Capisci? Ci sono dei ruoli in una famiglia: la donna sta a casa e cura i figli, gli uomini vanno a guadagnar la pagnotta».

«Grazie a Dio da noi in Italia non è più così da un pezzo. Noi non teniamo le donne segregate in casa a fare i lavori domestici. Non le schiavizziamo».

«Schiavizziamo? Ma che diavolo dici, donna! Guarda là. Mia moglie ti sembra forse una schiava? Shanti è una schiava? Lule ti sembra sfruttata? Noi uomini, che stiamo fuori di casa quattordici ore al giorno a spaccarci la schiena, cosa siamo allora?».

E poi aggiunge: «*Sranje*! Basta, donna! E a voi italiani che cosa vi hanno portato tutte queste donne in carriera? Solo allo sfascio della famiglia. I vostri figli si drogano, i vostri mariti vanno a puttane e voi siete sempre dallo psicologo!».

«Se il vostro modo di vivere è migliore, che ci sei venuto a fare qui?» ribatte Laura.

«Smettetela ora, voi due» interviene Lule uscendo dal suo letargo e cercando di calmare le acque.

«Sì, torniamo ai problemi più contingenti» dico io.

La discussione, per fortuna, rientra nei binari.

«Sono sicuro che non possono darci un preavviso così breve» afferma Besim, l'unico uomo a essere rimasto sobrio. «Anche se si tratta di un comodato».

«Ma non capite che, se non ve ne andate con le buone, Zacchigna farà immediatamente denuncia ai vigili del fuoco e al Comune? Loro manderanno qualcuno per fare una perizia e l'avviso di sfratto non tarderà a seguire».

«Questa è *best* o peggiore degli ipotesi?» chiedo. La concitazione mi fa scordare l'italiano.

«Nel peggiore dei casi possono anche mettervi i sigilli». Laura ci guarda negli occhi uno a uno mentre parla. Vede solo terrore, ma vuole scorgere anche consapevolezza. Una presa di coscienza della gravità della situazione.

«Ma non andate dietro a questa *baba* qui!» esplode ancora una volta Bobo. «L'unico sigillo che servirebbe è sulla sua bocca! Perché mai dovrebbero mettere sigilli in nostra casa?».

«Perché te l'ho già detto, questo edificio Zacchigna lo dichiarerà pericolante».

«Pericolante? Sulla base di uno scalino di pietra che balla sosterranno che non si può più abitare qui? Sapete che vi dico? Bobo ci mette un po' di malta e lo aggiusta kvesta sera stessa, poi telefoniamo ai pompieri e gli diciamo di venire a ispezionare le scale. Vedranno che è tutto a posto e archivieranno immediatamente la faccenda» interviene Marinka.

Bobo annuisce energicamente.

«Dovresti saperlo meglio di me, Bobo. Tu che lavori nei cantieri edili dovresti aver imparato bene le norme».

Bobo odia essere ripreso e sputa fuoco mentre parla: «So solo che quei dannati ispettori vedono solo quel che vogliono vedere».

«Non si tratta di un gradino traballante. Di quello non si accorgeranno nemmeno. Il fatto è che l'impianto elettrico è fuori norma, l'impianto idrico è fuori norma, l'impianto di riscaldamento non c'è neanche, vivete ancora con quelle pericolose stufe a gas e non avete nemmeno l'acqua calda. Ma come diavolo fate senza acqua calda d'inverno?» chiede Laura.

«Ci scaldiamo l'acqua sul fuoco e poi ce la trasportiamo in bagno con i secchi» spiego.

«Non è mica a norma» commenta Laura.

«In India lo fanno tutti».

«Anche in certe zone rurali dell'Albania» aggiunge Lule.

«Cina pule» dice Bocciolo di rosa.

«Con le case tutte distrutte in Bosnia, figuriamoci se c'importa che siano a norma o no» sghignazza Marinka.

«Queste maledette norme le fanno solo quelli che hanno

la pancìa piena» interviene Ashok. «Spiegami una cosa, Laura. Abitiamo in questa palazzina da otto anni, il vecchio Rosso da più di quindici. Se fino a questo istante abbiamo potuto vivere qui, come può diventare d'un tratto pericolante?».

«Tanto per cominciare, potete provarlo? Potete dimostrare da quanto tempo abitate qui?» domanda Laura.

«Certo!» rispondo io.

«Come? Avete delle ricevute d'affitto?».

Scuoto la testa. Abbiamo sempre regolato in contanti.

«Che importa?» chiede Marinka.

«Abbiamo sempre pagato. Nessuno ha mai saltato un mese» aggiungo io.

«Importa e come. Uno, avete fatto sempre tutto in nero, ed è già un reato. Sapete a quanto può ammontare la multa se questa storia viene fuori?».

Cala il gelo.

«Quanto?» sussurra il signor Fong.

«È proprio per questo che vi ricordo per l'ennesima volta che Zacchigna non aveva alcun bisogno di mandarvi questa Lettera. Visto che per tutelarsi fa finta che suo padre vi ha dato gli appartamenti gratis in prestito, poteva buttarvi fuori con la forza e basta».

«Quanto?» insiste il signor Fong.

«Parecchie centinaia di euro, suppongo» risponde Laura.

«Supponi, supponi, tu supponi troppe cose, donna!». Bobo ha i nervi a pezzi.

Laura non gli bada e continua: «Secondo, questa casa non ha l'abitabilità».

«Cosa significa abitabilità, Laura?» chiedo.

«È un documento rilasciato dal Comune che dice che la casa può essere adibita a uso abitativo».

«E non si può ottenere?».

«Bisognerà vedere quando vengono i periti del Comune a fare il sopralluogo, ma ne dubito».

«Kvando vengono, vedranno che ci abitiamo e ci daranno l'abitabilità». Marinka pensa di aver fatto quadrare il cerchio.

«Non funziona così» spiega Laura.

«Daremo una mancia a chi viene a fare i controlli» dice Ashok. «Troveremo un accordo in via amichevòle».

«Qui non siamo in India. Le cose non vanno così. Quello che tu chiami mancia in Italia si chiama corruzione. È un reato penale. Ma non avete sentito parlare di Mani Pulite?».

Gli uomini si guardano e si mettono a sbuffare.

«Poveretto quel giudice, *come se ciama?* che voleva che tutti gli italiani diventassero degli stinchi di santi» sogghigna Bobo.

«Antonio Di Pietro» rispondo.

«Ecco, Antonio Di Pietro. Non capiva un'ostia di come sono fatti i suoi connazionali».

«Lui e gli altri del pool hanno avuto il coraggio di fare quello che nessuno ha mai osato tentare» puntualizza Laura.

Tutti convengono con il nobile sforzo, ma tutti concordano che la vecchia bustarella possa ancora risolvere molti problemi.

Laura non ne vuole sapere.

«Ma la vuoi smettere di trattarci da delinquenti, donna! Che scelta avevamo? L'affitto era basso e *gavemo accettà*. Se non si poteva, questo significa che ha sbagliato il signor Zacchigna che ci ha proposto di vivere qui, non noi che abbiamo accettato» dice Bobo. «Comodato. Certo che gli è comodato! A lui, non a noi».

«Mio caro Bobo, la legge non ammette ignoranza. Dunque avete torto pure voi. È per questo che il figlio del vecchio Zacchigna è riuscito a fare tutto questo ambaradan in così breve tempo» risponde Laura.

«Non datele retta» digrigna Bobo. «Straparla. Come tutte le femmine. Specie quelle che non hanno marito».

«Non straparlo. Dico semplicemente le cose come stanno.

Non come te, che nascondi la testa sotto la sabbia sperando che tutto questo sia un brutto sogno».

«Ma come sai tutte queste cose, donna? Sei *advokat*? Vai a letto con il giovane Zacchigna e per questo ti ha raccontato tutto?». Quando è sul punto di scoppiare, Bobo comincia ad andare sul pesante.

«Perché una che non si dà per vinta deve essere per forza una puttana?» ribatte Laura.

È un'affermazione di sfida che a Bobo costa tanto non raccogliere, ma tutti quanti ora saltiamo su e gli diciamo di smetterla.

Intanto, stufa di sentirsi insultata, Laura si getta il montgomery sulle spalle e si affretta verso la porta. Noi donne la accompagniamo, ringraziandola per il suo tempo e l'aiuto.

Gli uomini riprendono a versarsi la grappa.

Quando è sull'uscio, Laura si gira verso di loro e dice: «E comunque tutte queste cose le so perché mi sono scomodata ad andare al Comune, al Sunia, poi al catasto e infine a fare una visura camerale di questa palazzina. Se volete proprio saperlo, voi qui siete abusivi».

Capitolo ventiduesimo

Più passano i weekend, più via Ungaretti viene avvolta da una fitta nebbia di omertà. Anche i camini, solitamente allegri e sbuffanti la domenica mattina, sono in lutto. Non emettono i consueti gorgoglii, né si spandono i profumi dei dolci indiani fritti, dello strudel di mele, dell'anatra laccata, dei fagioli con le paprike.

I bambini non giocano per le scale, correndo da un appartamento all'altro e istigando alla violenza il vecchio signor Rosso. Le porte degli appartamenti sono chiuse a doppia mandata. Dietro le insolite barriere erette tra gli abitanti della palazzina, si consumano inedite discussioni tra marito e moglie. I figli percepiscono la tensione e si sforzano di essere meno capricciosi del solito.

«Male che va, ce ne torniamo a Milano» dico ad Ashok, che con aria assorta sta giocando a biglie con il riso nel piatto davanti a sé. Divorato dall'ansia dello sfratto e dallo spavento di un futuro incerto, è caduto in preda a una strana apatia.

Mi guarda con due occhi inzuppati di disprezzo. «Tornare a fare lo schiavo per mio cugino! Questo mai!».

Cinque anni prima che ci sposassimo, Ashok lavorava come cameriere per suo cugino, che gestisce il Gandhi, un ristorante indiano a Milano. Era stato lui a fare tutte le carte per ottenergli il permesso di soggiorno, ma Ashok sostiene che il cugino in realtà approfittasse della sua ingenuità. Lo pagava una miseria, neanche trecentomila lire al mese, dichiarando che il resto gli veniva sottratto per vitto e alloggio. A ben guardare, il vitto erano gli avanzi di tre giorni, e l'alloggio un materasso srotolato per terra quando il ristorante era chiuso. Ben presto la situazione per Ashok si era fatta insostenibile. Un giorno un amico gli aveva spiegato che esistevano cose come una paga sindacale, ferie obbligatorie, contributi per la pensione e per malattia, e gli aveva consigliato di fare causa al cugino. Appena avanzata la proposta di "metterlo in regola", questi non aveva esitato a dargli l'aut aut: o così o niente. Allora, stufo di essere preso in giro, Ashok si era preso una settimana di ferie (non retribuite, ovviamente) ed era salito su un treno a caso. Non gli importava la destinazione – bastava che la città avesse un ristorante indiano. Capitato a Trieste, era stato subito assunto con un contratto regolare, assegni famigliari inclusi.

Devo ammettere che in tutti questi anni qui a Trieste abbiamo vissuto discretamente. Lo stipendio di Ashok è abbastanza buono, anche se, tolti l'affitto, le bollette, la spesa e qualche cosa per la bambina, non avanzano molti soldi. Però quasi sempre siamo riusciti a mettere via qualcosina ogni mese per il famoso viaggio in India che ci eravamo ripromessi di fare ogni tre o quattro anni. Poi, purtroppo, è arrivato qualche imprevisto – il dentista, il televisore nuovo, la rottura della doccia che Besim ha inventato per il nostro gabinetto – e i soldi delle vacanze in India sono stati adoperati in altra maniera.

Non sono mai stata preoccupata di non farcela ad arrivare a fine mese. Ora, però, se dovessimo andare via di qui e pagare un affitto più alto, temo proprio che non ce la faremmo.

«Mi troverò un lavoro. Non c'è altra scelta» dico con convinzione.

Ashok mi guarda storcendo la bocca.

«Non serve. Farò gli straordinari» risponde seccato.

«Bene. Tu fai pure tutti gli straordinari che vuoi, ma io mi troverò comunque un lavoro». Sapevo che avrebbe disapprovato le mie parole e il mio atteggiamento testardo, ma non viviamo in un villaggio indiano e non mi può relegare a vita dietro ai fornelli. «Qui una donna che lavora non reca disonore alla famiglia. Anzi».

«Ti ho detto che non serve. Vedrai che si risolverà tutto. Ha ragione Bobo. A quella Laura piace mettere paura alla gente senza motivo».

Vorrei dirgli di smetterla di sognare, ma so che non servirebbe a niente e decido di cambiare tattica.

«Se avessimo dei soldi in più potremmo pensare di tornare a casa per le vacanze, quest'inverno. Che ne dici? Tua sorella Sharmila si deve sposare e mio fratello Hemant compirà diciotto anni. Sarebbe bello stare tutti quanti insieme per *Diwali*. E poi Kamla non ha mai visto l'India. Pensa che gioia per una bambina assistere ai mille fuochi d'artificio del nostro capodanno indù». I miei occhi brillano di lacrime non versate. Sono otto anni che non vedo i miei genitori.

Ashok se ne accorge e diventa tutto contrito. «L'India ti manca, vero? Non ho mantenuto la promessa di mandarti a casa dai tuoi genitori ogni due o tre anni. Non sono stato il marito che sognavi. Questa non è la vita che ti aspettavi. Chissà cosa diranno i tuoi di me».

Approfitto della sua debolezza per sbattergli in faccia cose ben più importanti di un viaggio in India. «Ci serviranno tanti soldi e subito, se dobbiamo ingaggiare un avvocato, non credi?».

«E Kamla?» domanda. «Che ne sarà di lei se tu vai a lavorare?».

«La metto a tempo pieno. Alla scuola me l'avevano già chiesto all'inizio dell'anno. Avevo risposto di no, ora gli dirò che ho cambiato idea».

«Che pensi di fare? Chiedo a Ramu se ti prende a lavare i piatti?».

«Sarebbe meglio lavorare in posti diversi. Così, se per qualche motivo il ristorante deve chiudere, almeno non ci troviamo per strada tutti e due».

Ashok annuisce, poi si tocca gli attributi. Allora tra me e me penso che Laura approverebbe in pieno il gesto. Non per la manualità, ma in quanto segno di piena assimilazione culturale: in India usiamo toccare legno, non ferro o parti anatomiche.

Capitolo ventitreesimo

Se i weekend sono tremendi, i lunedì invece, con i loro ritmi obbligati, regalano una parvenza di normalità. Gli uomini partono per il lavoro, i bambini vanno a scuola, noi usciamo a fare la spesa.

Incontro Marinka al discount. Lei, che di solito compra poco e oculatamente, oggi ha il carrello pieno zeppo di cibo sfizioso – burro al tartufo, crema di salmone, gamberoni surgelati – quasi volesse esorcizzare l'idea delle difficoltà economiche che le si prospettano tra qualche mese. Guarda la mia spesa – quattro peperoni, due melanzane, una rete di patate e qualche arancia – con l'aria di chi si sente in colpa.

«Be', forse questi ritorti per il gelato non mi servono» dice, togliendoli dal carrello e rimettendoli su uno scaffale a casaccio. «E nemmeno tre etti di San Daniele» aggiunge, nascondendo il prosciutto sotto una fila di pacchi di pasta quando nessuno la guarda. Tra la terza corsia e la cassa, il suo carrello si svuota della metà del suo contenuto.

Sulla strada di casa, Marinka domanda di nuovo scusa per il comportamento di Bobo sia alla riunione sia negli ultimi giorni, visto che a malapena dice buongiorno quando lo incrociamo per le scale. In realtà suo marito ha un fortissimo mal di schiena ed è preoccupato di perdere il lavoro se lo dà a vedere. Certe sere torna a casa e non riesce nemmeno a sedersi. Ogni giorno Marinka gli spalma mezzo tubo di pomata prima di andare a letto, ma non gli dà alcun sollievo. E poi è talmente cocciuto che non vuole perdere mezza giornata di lavoro per andare dal medico.

«In verità» spiega Marinka, «non è una questione di soldi per una visita privata. Sai, al cantiere se gli viene il minimo sospetto che non sei al cento percento ti mandano via e prendono un altro. Di operai ne trovano quanti ne vogliono». L'angoscia intacca le sue corde vocali.

Bobo ha quasi cinquant'anni. Fino a quando potrà reggere questi ritmi di lavoro? Alzarsi alle quattro ed essere in piazza alle quattro e mezza, per tornare a casa verso le sei, a volte le sette di sera, compresi tutti i sabati e spesso anche la domenica. Ma che scelta ha? Hanno anche pensato con tre o quattro amici di mettersi in proprio, di aprire una ditta di costruzioni, ma nessuno ha il capitale per costituire la società. Ci vogliono un bel po' di soldi a testa anche solo per formare la cooperativa.

Marinka mi confessa di aver chiesto a una sua amica di spargere la voce che sta cercando lavoro come donna delle pulizie.

«Chiedi anche per me, ti prego» la supplico.

Ma mi accorgo subito che non avrei dovuto. Marinka mi lancia uno sguardo ferito, come se le avessi tolto il pane di bocca.

«Aspetta che trovi prima per me» dice.

Grazie alla sua amica, Marinka trova presto lavoro come donna delle pulizie presso due famiglie. Fa sei ore in una casa due volte alla settimana e quattro in un'altra. Anche se è brutto, ammetto che sono invidiosa di lei.

Eppure la mia invidia ha vita breve, perché dopo poco Marinka mi racconta come la tratta una delle signore.

«Mi segue ovunque, dicendomi di non fare questo e come fare quello. In quattro ore devo pulire la casa, compresi le finestre e due lunghi balconi, dare la cera, stirare e cucinare per quattro persone. E una volta ha voluto perfino mettere alla prova la mia onestà nascondendo cinquanta euro sotto uno dei cuscini del divano».

Marinka torna a casa distrutta, le mani rovinate dai detersivi e le ginocchia ammaccate.

«Non ho mai rubato né chiesto la carità, anche kvando mi hanno bruciato la casa e non avevo proprio niente» dice con gli occhi lucidi, profondamente offesa nella propria dignità.

Presto trovo lavoro anch'io. Chiedo alla maestra di Kamla di darmi una mano e la professoressa Oriani mi trova un impiego come babysitter. Non ho orari fissi e devo essere parecchio flessibile perché, come i refoli di bora, ai signori Nevar la voglia di uscire di sera viene all'improvviso. Tante volte non rispettano l'orario di rientro prefissato e Ashok mi deve attendere per secoli giù nel portone di notte. Non mi è permesso farlo salire. E anche se tardano di molto, non si sognano di pagarmi qualcosa in aggiunta alla cifra pattuita. Non ho mai detto niente, per paura di perdere il posto e anche perché il lavoro è davvero una passeggiata. Non c'è quasi niente da fare. I piccoli, Paolo e Serena, che hanno rispettivamente un anno e mezzo e sei mesi, dormono come angeli, senza mai fare storie. Io sto seduta in soggiorno a guardarmi la televisione, oppure a volte leggo le riviste patinate sparse per la casa come coriandoli. Badando ai bambini ogni giorno dalle 8.30 alle 14.00 e qualche volta anche la sera, riesco a mettere da parte un bel gruzzolo. L'unico rimorso è quello di dover lasciare mia figlia con Marinka e Bobo alla sera, anche se Kamla non sembra risentire molto della mia assenza, felice com'è di giocare con i gemelli.

È la prima volta in vita mia che ho dei soldi miei, che mi sono guadagnata io, e la cosa mi riempie di orgoglio. Ora faccio parte del mondo produttivo, faccio girare l'economia, come dicono in TV.

Capitolo ventiquattresimo

Siccome sia io sia Marinka abbiamo trovato un lavoro, Bocciolo di rosa dà una mano nel negozio di vestiti di sua cugina per racimolare un po' di soldi extra, e Lule stranamente è sempre più a spasso, le nostre lezioni d'italiano hanno subìto una battuta d'arresto. Laura è dispiaciuta e continua a incoraggiarci a studiare da sole, a non vanificare i progressi fatti finora.

Io ho più tempo di tutte per perseguire i nostri fini culturali, grazie alla TV e alle riviste della signora Nevar sempre a disposizione. Marinka invece mi dice che dalla signora dove lavora ha imparato tante parole nuove, tipo "sguattera".

«E la nostra Lule, che va sempre in giro per boutique, sa il nome di tutti i tipi di tacchi e borsette di questa stagione» scherza ancora Marinka, ma il suo è un sorriso stinto.

Beata Lule. È l'unica che non sembra turbata dalla Lettera. Noialtre abbiamo perso la nostra spensieratezza, la voglia di ridere e scherzare e di scambiarci ricette.

Lule e Besim avranno sicuramente da parte un sacco di soldi. Non dovranno nemmeno cercarsi un altro appartamento in affitto come noi, loro se lo compreranno di certo.

Un altro che dorme sogni tranquilli è il signor Rosso. Della Lettera non gli importa niente. Lui non si muoverà, punto e basta. Non penso abbia problemi economici di alcun genere, tra la pensione d'invalidità e i mobili antichi stipati nella cantina, e visto che non spende un centesimo per mangiar fuori o comprarsi da vestire. E poi per il vecchio è una questione di principio. Zacchigna senior gli aveva promesso che poteva rimanere nella palazzina finché voleva. Per tipi come il signor Rosso la parola d'onore vale molto più di un pezzo di carta con mille timbri ufficiali.

* * *

Io e Marinka, quindi, siamo le uniche a discutere del futuro. All'insaputa di Ashok, a casa dei signori Nevar ho cominciato a leggere gli annunci sul *Piccolo* per orientarmi sui prezzi di mercato per un appartamento in affitto. Quello che vedo mi spaventa non poco – ci vuole ben più di quello che guadagno come babysitter. Sarebbe bello trovare casa in un nuovo stabile tutti insieme, noi, i Zigović e i Fong.

Capitolo venticinquesimo

Il tempo è una cosa strana. L'uomo lo divide matematicamente in unità uguali e ripetitive, minuti, ore, giorni, settimane, senza tener conto di un aspetto assai importante: lo stato d'animo di ognuno di noi. E invece certi giorni volano e certi periodi sembrano non aver mai fine. Sono già passate diverse settimane da quando abbiamo ricevuto la Lettera, e ogni minuto di questi giorni ha pesato come l'eternità. Eppure avrei voluto imbrigliarlo questo tempo, fermarlo, perché correva come un cavallo brado senza meta.
Non è bello vivere nell'incertezza, ma è meglio il limbo a un futuro peggiore del presente. Il lavoro, i bambini della signora Nevar, le faccende di casa, i compiti di Kamla, il bucato, la spesa – cerco sollievo nel tran tran quotidiano per distogliere la mia attenzione dalle conseguenze della Lettera. Invano.

* * *

Veniamo risucchiati in un vortice di terminologia giuridica: conciliazione, cartolarizzazione, incanto, prelazione (e intuisco che le parole che finiscono in "-zione" portano iella); siamo ingurgitati da sabbie mobili: studio notarile, catasto, giudice di pace, sindacato. Compriamo dizionari, consultiamo internet e amici. Bocciolo di rosa chiede consiglio agli I-King e io prego il dio Krishna. Marinka guarda furtivamente l'oroscopo sul *Piccolo* a casa della signora presso la quale fa le pulizie e Lule va a parlare con un suo conoscente al Comune. Impariamo tanto e in fretta, ma a stento riusciamo a stare a galla.

Ci rivolgiamo a un avvocato, il quale sostiene che non vale la pena intentare una causa perché le probabilità di vittoria sono esigue. E poi un'azione legale costerebbe un mucchio di soldi come anticipo, e in caso di esito negativo dovremmo accollarci anche la parcella del legale.

Decidiamo di lasciar perdere e di intraprendere la strada della persuasione. Andiamo a parlare direttamente con il signor Zacchigna junior e poi con il suo avvocato. Entrambi ci ascoltano pazientemente. Poi, con le mani giunte e sbattendo le palpebre tristemente, ci dicono che non c'è niente da fare. Zacchigna junior, dopo aver riammodernato il palazzo, intende vendere i nostri appartamenti. Quindi non abbiamo diritto a nessuna proroga e dovremo lasciare definitivamente le nostre case.

Come gesto di estrema generosità, ci viene offerto il diritto di prelazione al modico prezzo di sessantamila euro per ogni appartamento – però entro e non oltre una certa data. E siccome il Zacchigna junior è un santo in terra, ci propone uno sconto del dieci percento in caso dell'acquisto in blocco dello stabile.

«Questo, secondo lui, è venirci incontro, capire i nostri problemi?» borbotta Ashok.

«Ma se dite che è uno stabile pericolante, non abitabile, come può valere tanto?» squittisce Marinka.

Si tratta di una stima fatta sul valore futuro dell'immobile. Rimesso a posto, un appartamento di queste dimensioni in pieno centro costerebbe almeno tre volte tanto, ci viene spiegato.

«È una vendita del volume».

«In altre parole, *vol vender* solo aria» mugugna Bobo.

Proponiamo allora un ritocco dell'affitto, ma Zacchigna rifiuta la nostra offerta.

Io seguo tutti questi discorsi con la testa da un'altra parte. Tante domande da manuale, imparate a memoria e non pronunciate, mi frullano nel capo: e la sospensione della finita locazione? E il fondo sociale? Ma so già la risposta. Sul fondo del mio cuore si sono adagiate due terribili lettere – N e O –, perciò le mie orecchie non sentirebbero le ragioni burocratiche che qualche impiegato annoiato mi fornirebbe per questo diniego – ossia che solo gli ultra sessantacinquenni e i portatori di handicap con redditi minimi possono beneficiare della sospensione, e che l'erogazione del fondo sociale è stata bloccata da poco. Nelle mie orecchie stanche e deluse sentirei il rombo sordo di due sole parole: siete abusivi.

L'italiano è una lingua armoniosa. Mancando di gutturali e suoni duri e volgari, persino un'imprecazione sembra una sonata. La prima volta che ho pronunciato una bestemmia mi è venuto da ridere, perché il suono era così dolce! Ma adesso questa espressione, "abusivi", che oramai è l'apoteosi di tutti i miei interrogativi, mi fa venire i brividi. Mai, in nessuna lingua che conosco, una parola mi ha fatto sentire così sporca, inutile e inerme.

Capitolo ventiseiesimo

Sessantamila euro. La cifra ci ronza nella testa per settimane. Dove possiamo trovare tanti soldi?

Ashok si reca in banca a chiedere un mutuo. Nove istituti su dieci rifiutano di concederglielo, dato che ha il permesso di soggiorno in scadenza. Disporre di un contratto di lavoro regolare e non aver mai avuto problemi per il rinnovo delle carte non serve a niente.

«Vieni con il permesso di soggiorno nuovo e poi vedremo».

«Ma ce l'ha mia moglie nuovo. Non basta?» chiede Ashok.

«Purtroppo no, signor Kumar. Visto che è lei che ha la busta paga, serve il suo». Complimenti ai funzionari delle banche! Sono degli attori strepitosi. Riescono a sembrare genuinamente dispiaciuti. Ma perché si ostinano a non capire che i soldi servono alla gente in un determinato momento, quello in cui si fa la domanda, e non in un futuro indefinito e prorogabile?

All'unico istituto disposto a chiudere un occhio sulla faccenda del permesso di soggiorno sono disposti a concederci qualcosa, in base a qualche strano computo fatto sullo stipendio base di Ashok, il numero di componenti della famiglia e i suoi dati anagrafici. Ma non è sufficiente. Non mi scandalizzo che anche in un paese industrializzato qualcuno si rivolga agli usurai.

Quando lo confesso a Laura, lei diventa pallida. «Fate di tutto, ma promettimi che non cadrete nella trappola di quelle bestie» mi supplica.

«Hai notizie a proposito delle domande per le case popolari?» le chiedo.

Laura scuote la testa. «Mi hanno detto che non c'è speranza» ammette tristemente. «Ho provato anche con i vari enti di beneficenza, ma sembra che tutti abbiano problemi, di questi tempi. Se soltanto avessi dei soldi miei da prestarvi... forse potrei ospitare almeno una famiglia». La sua voce si fa fiacca.

Lei che abita in un monolocale di trentacinque metri quadri in una zona periferica della città!

«Grazie, Laura» dico commossa. «Basta solo il pensiero. Hai già fatto tanto per noi».

Capitolo ventisettesimo

«E se chiedessimo un prestito a Lule e Besim? Oppure potrebbero comprare loro i nostri appartamenti. Avranno un sacco di soldi da investire. Con quello che ti danno come interessi in banca oggigiorno, conviene comprare e dare in affitto».

Come spesso capita, non riesco a capire se Marinka sta parlando sul serio.

«Se non vuole mettere soldi suoi, Besim può proporre l'affare a uno dei suoi tanti amici altolocati, no?».

«Ma che ne sappiamo chi è questa gente?» chiedo con apprensione. Mi sono fatta una certa idea sulle frequentazioni di Besim.

«Che te ne frega chi è il padrone di casa? Basta che tu paghi l'affitto e lui ti dia un tetto».

«E se lo proponessimo al signor Rosso?». Potrebbe essere una congettura più logica. Lui vive in questa casa, ha un bel po' di soldi da parte e non vuole andarsene.

«Gliel'ha già proposto Bobo» replica Marinka giocando con un bottone del suo cardigan.

«E lui che ha detto?». Mi trema la voce.

«Ha risposto che non è Madre Teresa».

Capitolo ventottesimo

Succede una strana cosa in via Ungaretti 25. Da quando è arrivato l'avviso di sfratto esecutivo, trascorsi i fatidici sessanta giorni, ognuno ha cominciato a pensare solo a sé stesso. Forse è un istinto naturale, quello della sopravvivenza. Ma visto che ci troviamo tutti nella stessa barca, ho sempre creduto che avremmo cercato una soluzione insieme. E invece non è così.

Quando ci incontriamo per le scale, c'è una strana tensione, è come se nell'altra persona vedessimo chiaramente lo spettro del nostro futuro. Non ci troviamo più a casa di una o dell'altra, e se non avessi incontrato Bocciolo di rosa per caso, dal fruttivendolo, non avrei saputo che Marinka ha cambiato lavoro da una settimana. Ora è a servizio nella villa di una contessa. Va tutti i pomeriggi, ed è anche stata messa in regola con i contributi.

La cosa mi fa molto piacere, ma allo stesso tempo mi ferisce. Perché Marinka non è venuta a dirmelo di persona? In passato ero la prima con cui parlava ogni volta che aveva qualche novità. Un giorno addirittura è corsa scalza e in pigiama a raccontarmi che suo fratello aveva telefonato da Francoforte per dire che si sposava e che le mandava i soldi per andare al matrimonio.

È diventata un po' gelosa di me, questo lo so. Sostiene che non è giusto che io guadagni quanto lei per fare soltanto la babysitter a pargoli buoni come angeli. Forse ha ragione. Ma se fosse stato il contrario, non credo che sarei stata gelosa. Marinka è una mia amica, sarei stata felice per lei.

Capitolo ventinovesimo

Lo sfratto incombe e in questi ultimi giorni io e Ashok siamo andati a vedere due appartamenti. Uno era al sesto piano senza ascensore in viale D'Annunzio ed era come quello dove abitiamo ora, privo di bagno e solo con il gabinetto. Ci hanno chiesto una caparra di sei mesi. L'altro era molto carino, in semiperiferia, nella zona dello stadio, e aveva un balcone grande. Poi però, quando siamo andati a vederlo, ci hanno detto che non volevano affittarlo agli stranieri. Al telefono, per chiedere l'appuntamento, aveva parlato Laura, perciò pensavano che fossimo italiani.

Vedendomi per le scale una mattina, il signor Fong, di solito sempre schivo e taciturno, mi sorride e mi comunica che forse ha trovato una soluzione.
Buon per te, penso. Almeno qualcuno si salverà.
Mi dice che quando sarà tutto sistemato manderà Bocciolo di rosa con una bottiglia di grappa di bambù a darmi la bella notizia.
Mentre parliamo, scende il signor Rosso avvolto in una nebbia di Diana senza filtro. Sembra pallidissimo e ancora più magro del solito. Trema tutto e ha gli occhi opachi.
«Stai bene, signor Rosso?» domando preoccupata.
«Mai stato meglio» mi risponde seccamente. «Perché non è venuta a trovarmi Camilla, giovedì scorso?».
Gli spiego che eravamo andati a vedere un appartamento e volevo che anche lei approvasse il posto dove forse saremmo andati ad abitare.

«Allora ve ne andate tutti? Non avete un po' di spirito di combattimento? Vi arrendete al primo cretino che fa la voce grossa? Ah, facciano quello che vogliono, io da qui non mi muovo. Lascerò il mio appartamento solo in una scatola di legno».

E senza attendere risposta, si avvia barcollando verso la porta e la sbatte forte.

***

Ormai mancano due settimane al giorno in cui saremo costretti a lasciare le nostre case, e andiamo a vedere altri tre appartamenti. Riassumendoli in ordine cronologico: troppo piccolo, troppo grande, troppo caro.

Capitolo trentesimo

Sento la voce agitata di Marinka alla porta e corro ad aprire. È ora di pranzo e sono sola in casa. Sarà venuta finalmente a raccontarmi del suo nuovo impiego, desumo.

«Non crederai alle tue orecchie kvando sentirai quello che devo dirti!». È tutta rossa in viso e ansimante.

«Sentiamo» dico, facendole cenno di entrare. Forse ha trovato una sistemazione, penso tra me e me, che altro ci può essere di così emozionante?

Marinka chiude la porta piano dietro di sé e fa dei gesti per indicare il piano di sotto. Vuole dirmi qualcosa, ma sembra non trovare le parole per cominciare il discorso.

«Siediti, dài. Vuoi una tazza di tè?» chiedo per sbloccarla.

«Lule» sputa fuori dopo aver ripreso fiato. «È a proposito di Lule. Una cosa scioccante! Mettiti seduta. Se stai in piedi ti girerà la testa. Devo dirtelo subito. Lo fai dopo il tè». Si protende in avanti sulla sedia su cui è seduta a gambe larghe. Le sono ricresciuti i baffi, ora che non c'è Lule a riprenderla settimanalmente perché non si cura del suo aspetto. Di nuovo ha tirato fuori dall'armadio i suoi vecchi abiti di lana completamente fuori moda: gonna plissé blu scuro e cardigan a rombi una volta appartenuto a Bobo. È riapparso anche il suo "kvindi".

«Lule non è kvella che crediamo» dice con tono cospiratorio.

Mi viene quasi da ridere. Alla TV c'è una presentatrice che a me sembra una bellissima donna, ma dicono che sia un uomo. Sarà un uomo anche la nostra Lule?

«Che c'è da ridere?» domanda Marinka.

Non ha tempo per queste cose Marinka. Si sbraccia e sbuffa. Freme per andare al sodo.

«Lule non è la gran dama che finge di essere. È solo una disgraziata come me che fa le pulizie. Anche lei è una sguattera, insomma».

«Ma che stai dicendo? Ti sei bevuta il cervello?».

Marinka suda come una fetta di melanzana sotto sale. Ha gli occhi rossi e bulbosi. Fa un respiro profondo e continua: «Dove lavoro ora... ho cambiato lavoro sai, non ho ancora avuto tempo di dirtelo. Bene, io lavoro pomeriggio, vado tre volte settimana a casa della contessa Von Klein. Gli altri due giorni a fare pulizie viene un'altra signora, di mattina».

«Che bello». Dico solo per dire, ma Marinka non sembra gradire l'interruzione.

«Be', oggi dovevo andare pomeriggio come sempre, ma contessa mi ha detto di passare in mattinata per ritirare stipendio. Allora vado, e quando arrivo trovo porta del bagno del piano terra aperta e una donna tutta accovacciata a pulire dietro il cesso. Metto testa dentro alla porta per salutare quest'altra signora. Volevo sapere chi era, insomma. Ebbene, la donna si gira, e chi mi vedo? Lule!».

«Lule? Com'è possibile?» chiedo.

«Sì, proprio lei. Era imbarazzatissima. Farsi trovare a kvattro zampe a pulire dietro cesso! E da me, poi! Si è messa a balbettare kvalcosa. Nemmeno io sapevo cosa dire o fare, poi per fortuna mi ha convocato contessa».

«Ma Lule non ha bisogno di lavorare. È piena di soldi! Ha un sacco di pellicce e vestiti firmati, e suo marito è sempre in giro con i suoi amici per lavoro» le rammento.

Oddio, vuoi vedere che i miei sospetti sugli amici poco limpidi di Besim erano fondati?

In risposta alla mia domanda, qualcuno suona alla porta.

È Lule, con gli occhi rossi e gonfi, la camicia stropicciata, la borsetta mezza aperta. Lule, senza trucco, i capelli spettinati. Lule, di colpo invecchiata di vent'anni.

«Sapevo di trovarla qui a raccontarti immediatamente quello che è successo. Ti ha già detto tutto, no?».

La faccio accomodare nel salotto, ma Lule non riesce a guardarci in faccia.

Chiude gli occhi, stringe le labbra e comincia a raccontarci la sua storia. Confessa di non essere la ricca Lule Dardani che ci ha sempre fatto credere. Da otto anni lavora come domestica per la contessa Von Klein.

«I vestiti, le pellicce, le borse firmate – sono tutte cose che la contessa mi regala perché si stufa subito di quello che acquista. Non indossa mai i vestiti per più di una stagione». Lule ha la voce rauca, ma riesce a trattenere le lacrime.

Più che provare pena per lei, provo un gran senso di vergogna verso me stessa. Penso all'invidia che noi altre abbiamo sempre avuto di Lule, specialmente in queste ultime settimane, quando pensavamo che lei e Besim sarebbero stati gli unici a salvarsi senza traumi. Eravamo perfino risentiti che non una volta ci avevano detto una parola di incoraggiamento, di solidarietà. Pensavamo che, con tutti i soldi che avevano, avrebbero potuto almeno fare il gesto di chiederci se avevamo bisogno di aiuto.

«Non è tutto» dice Lule. «C'è la faccenda del lavoro di Besim».

«I suoi amici?». Non avrei dovuto chiedere, ma le parole sgorgano fuori come da un tombino intasato.

Lule annuisce. Le lacrime ora le rigano il volto.

«Besim è praticamente senza lavoro. In Albania era ingegnere, ma qui non riconoscono il suo titolo di studio. Non ha mai lavorato in tutti questi anni. L'ho sempre mantenuto io facendo le pulizie e la cuoca qua e là, e poi dalla contessa. È solo perché mi fanno molto male le ginocchia che la contessa ha deciso di prendere un'altra donna di servizio, per non farmi fare i lavori troppo pesanti».

«E tutti kv... questi viaggi che tuo marito fa per l'Italia con i suoi amici? Non sarà mica finito in qualche brutto giro?» crepita Marinka.

«Avrebbe potuto anche succedere» ci confessa Lule, «ma per fortuna così non è stato. Besim fa qualche lavoretto saltuario come interprete per la Caritas. Quando sbarcano i gommoni della disperazione, lui va a dare una mano come volontario. Non guadagna quasi niente».

Io e Marinka ascoltiamo il racconto di Lule a bocca aperta, ubriacandoci al pensiero di cosa si nasconde dietro le sue rivelazioni.

«Ora come farete?» chiede Marinka. Le si è quasi seccata la gola e non riesce a parlare bene.

Per tutta risposta Lule alza le spalle.

«Bene, ora che sapete la verità è meglio che me ne vado. Scusatemi se non ve l'ho detto subito. Mi vergognavo tanto» sussurra.

Io e Marinka accettiamo le sue scuse, ma non la lasciamo andare senza aver chiarito gli ultimi due punti.

«E la villa di Durazzo? Anche quella è una balla?» chiede Marinka.

«E i tuoi figli?» domando io.

Lule risponde che la villa gli è stata sequestrata per via del crac finanziario in Albania – stavano ancora pagando il mutuo. Dei figli non riesce a parlare – viene scossa da un singhiozzo dopo l'altro. Allora le diciamo di lasciar stare. Va bene così, non vogliamo sapere altro.

Lule si nasconde il viso nelle mani e si alza per andarsene.

Quando è alla porta, si gira verso di noi e balbetta: «Li ho dati in aff-aff-affidamento. Spero che stiano bene».

Capitolo trentunesimo

Manca una settimana allo sfratto.
Noi abbiamo trovato casa. Si tratta di un bilocale in via Crispi, a due passi dal ristorante dove lavora Ashok. Ci dovremmo stringere un po' e l'appartamento si trova al quarto piano senza ascensore, ma non fa niente. Io continuerò a lavorare. Useremo i soldi che abbiamo messo da parte per andare in India e pagheremo i tre mesi di cauzione e le spese di trasferimento delle utenze.
Lule e Besim hanno deciso di rientrare a Durazzo. Si dice che le cose stiano cambiando lentamente anche lì, forse avranno maggior successo tornando a casa. Lule sostiene che ora l'unica cosa importante è riuscire a riabbracciare i suoi figli.
Marinka è dispiaciuta per quello che ha appreso sul conto di Lule, ma è anche contenta perché ora la contessa la prenderà a tempo pieno. Così tra qualche anno potrà permettersi di comprare casa, tanto più che Bobo ha un amico che ha intenzione di mettere a posto uno stabile in periferia. Nel frattempo divideranno un appartamento con una famiglia di connazionali che vogliono subaffittare due stanze.
I Fong, che dovrebbero essere più preoccupati di tutti, visto la "famiglia" allargata, clandestina e numerosa, sono oltremodo enigmatici.
«Tu vedele tutto bene andale». Bocciolo di rosa sembra l'unica a non aver perso la fiducia nel mondo.

Capitolo trentaduesimo

Mancano tre giorni alla partenza e le scale di via Ungaretti 25 si trasformano in un gigantesco cantiere. Ci sono scatoloni dappertutto. Buste di cose da buttare via, poche per dire la verità, contenenti vasi vuoti, bicchieri scheggiati, giornali vecchi, altre paccottiglie che metti da parte pensando che un giorno torneranno utili. Cartoni marcati "fragile" con un pennarello nero, vecchie valigie piene di vestiti, tappeti arrotolati nella carta di giornale con in mezzo palline di naftalina, tendaggi avvolti in grandi sacchetti di plastica. Tutto questo succede al terzo piano e davanti alla porta di Lule. Il vecchio signor Rosso non esce più di casa, altrimenti guarderebbe con scherno tutto il caos e darebbe un calcio sonoro a tutto quello scatolame.

Il pianerottolo di Bocciolo di rosa è lindo e ordinato. Il signor Fong non sembra avere la minima intenzione di levare il lampadario cinese che ha appeso nell'atrio. Imballeranno tutto dentro casa, mi viene da pensare. Invidio i cinesi per il loro innato senso dell'ordine. Non ho mai visto nessuno dei Fong, nemmeno la suocera o i bambini piccoli, sudati, sgualciti o spettinati.

Per fortuna Kamla non si è ancora resa conto di quello che sta succedendo. Prende tutto come un grande gioco, e la sua passione diventa ricordarsi il contenuto di ogni scatola che viene sigillata con il nastro adesivo marrone.

Cerco di spiegarle che non sarà facile, che si dovrà abituare a vivere senza Peter e Dragan, che non potrà più vedere tanto spesso il signor Rosso.

«Ma lui ha detto che posso venire a trovarlo quando voglio!» strilla Kamla mostrandomi un paio di chiavi nuove. «Mi ha dato le chiavi del portone e della casa e mi ha detto di passare tutte le volte che mi va!».

Non so come spiegarglielo senza farle male.

«Tesoro, non so fino a quando il signor Rosso potrà rimanere in questa casa. Come noi, prima o poi anche lui si dovrà rassegnare ad andare via. Devono fare i lavori nel palazzo, lo capisci?».

«Lui ha detto che non se ne andrà mai!». Kamla pesta i piedi.

«Lo so, tesoro, le persone dicono tante cose, ma prima o poi bisogna guardare in faccia alla realtà».

Kamla se ne va mormorando qualcosa, tiene i pugni chiusi in segno di irritazione. Come se fossi io, con le mie parole, a portar male al suo vecchio amico.

Capitolo trentatreesimo

«Facciamo una festa l'ultima sera?» mi domanda Marinka. Non si può chiamarla festa, immagino. Sarà più simile a una veglia, ma comunque dico di sì. È l'ultima volta che staremo tutti quanti insieme prima di chissà quanto tempo, o forse per sempre. Ognuno porterà qualcosa da mangiare e ci riuniremo tutti a casa mia. Le pareti ormai spoglie dell'appartamento faranno da cassa di risonanza all'inquietudine, ma visto che i mobili non sono nostri almeno ci sarà dove sedersi e mangiare. Pensiamo di invitare anche Laura, ma non lo riveliamo troppo in anticipo ai nostri mariti.

Decido di preparare le frittelle alle verdure che so che piacciono a tutti, e l'insalata indiana con salsa di yogurt e polvere di mango per Laura che ama mangiare leggero. C'è anche riso con curry di gamberi e pane farcito alle patate. Però non so come vestirmi. Mettermi in ghingheri mi sembra fuori luogo. Alla fine opto per un sari di cotone blu scuro con il bordino verde e rosso. È abbastanza sobrio, e nei momenti di tristezza tornare alle origini è di grande conforto. Essere avvolta nei vari strati di cotone impregnato ancora dell'odore della mia città natale è come tornare tra le braccia tiepide di mia madre. Mi aiuta a riacquistare sicurezza, mi dà un senso di stabilità, qualcosa su cui contare. Il sari è un abito favoloso, aiuta a nascondere i sentimenti. Puoi usare la parte drappeggiata sulla spalla per asciugare una lacrima, nascondere un rossore, velare un cuore a pezzi. Le mie amiche non mi hanno vista quasi mai in un sari, solo una volta a capodanno, credo. Ormai, grazie al negozio della cugina di Bocciolo di rosa, vesto sempre all'italiana. Per anni e anni io e le mie vicine abbiamo cercato di mimetizzarci, ma ora ho voglia di far vedere chi sono davvero: Shanti Kumar, una donna quasi trentenne dell'India centrale, tenera ma tenace, con un suo lavoro indipendente di babysitter, che parla benino l'italiano e ama cucinare il curry. Sono diventata una specie di ibrido culturale e linguistico, ma il mio cuore è sempre rimasto in un sari: devi srotolare le cinque iarde di soffice e luccicante patina occidentale per sentire il suo vero battito.

Capitolo trentaquattresimo

Odio gli addii, penso aprendo la porta a Marinka. Questa idea della festa non mi piace più. Sono pentita di aver acconsentito a organizzarla.

Marinka potrebbe essere scambiata per la gemella mora di Platinette. Coperta dalla testa ai piedi da un vestito di raso verde-pisello luccicante di due misure troppo stretto, donato dalla contessa Von Klein, sembra un albero di Natale con gli addobbi ancora addosso avvolto in un sacchetto di nylon trasparente. Tentenna sui sandali di velluto viola e strass, con i tacchi alti quattro centimetri. Tiene in braccio un'enorme pentola di alluminio che le nasconde la pancia.

«Che hai portato?» chiedo, curiosa.

Non me l'ha voluto dire in anticipo, ha dichiarato che voleva fare una sorpresa.

«*Jota*» dice con espressione seria.

Sto per alzare il drappo del mio sari al volto per coprirmi l'improvviso pallore, quando scoppia in una risata sonora.

«Ma dài, scema! Ci sei cascata! Ti ho portato un tipico piatto bosniaco. *Pasulj*, stufato piccante di fagioli, una vera delizia».

La guardo con stupore. Non è proprio da lei parlar bene di una cosa bosniaca.

Entra Lule in una tuta da ginnastica blu scura, tutta sbrindellata. In mano tiene quattro pacchetti. Oddio, io non ho preparato niente per lei. In verità non ho pensato a fare regali a nessuna delle mie amiche.

«Noi non abbiamo regali» annuncia Marinka, triplicando il rossore sul mio volto.

«E chi ha detto che dovevate?» risponde Lule, spiegando che è l'unica a partire e dunque le andava di lasciarci un ricordo. «Non ho comprato niente, sono solo cose che avevo in casa e che ho voluto donare a voi. Tanto in Albania le posso sempre ricomprare».

«Certo» borbotta Marinka tornando al suo vecchio sarcasmo, «ha la villa così piena di oggetti che non saprebbe dove mettere nemmeno uno spillo!».

Per fortuna Lule è andata a rispondere al citofono e non sente il commento al vetriolo.

«Oh, ma che bella che sei!» esclama Laura quando entra, ammirando il mio sari.

Ovviamente lei indossa la sua uniforme di jeans sbiaditi e felpa nera Emergency.

Nota anche la camicia albanese stile folk ricamata a mano di Lule, ma sull'abbigliamento kitsch di Marinka non riesce a fare nessun commento lusinghiero.

«Bene, bene, non posso rimanere tanto perché ho una riunione del "Comitato per la salvaguardia degli ippocastani di San Giacomo" tra un'ora, ma voglio assaggiare tutto quello che avete preparato» annuncia, avvicinandosi al tavolo da pranzo e annusando l'aria.

Dobbiamo ancora aspettare i Fong, e forse addirittura il signor Rosso. Abbiamo invitato anche lui, e Lule ha insistito talmente tanto che questa volta sono sicura che verrà, magari solo per cinque minuti, magari solo per dirci che è contento che "tutti questi negri" vadano via.

I ragazzi cominciano a essere irrequieti. Hanno fame, e benché siano le nove passate dei Fong non c'è ancora traccia. Mando Ashok a bussare alla loro porta, ma torna comunicando che in casa non c'è nessuno, nemmeno la suocera con i piccoli. Ma dove diavolo sono andati? Oggi è il giorno di chiusura del ristorante. E poi sapevano benissimo che ci teniamo alla puntualità, visto che dobbiamo tutti finire di fare le valigie entro stanotte.

«Saranno andati al ristorante a prendere qualche pietanza» suggerisce Bobo, servendosi da una delle tante bottiglie di vino che Besim ha portato per finire le ultime che gli rimangono in casa.

«Be', intanto apriamo i nostri regali» suggerisce Marinka, incitando i ragazzi a prendere il cibo già sul tavolo.

Rimaniamo senza parole davanti ai doni di Lule. A me regala la bellissima tovaglia bianca con le margherite gialle ricamate sul bordo che ho tanto ammirato a casa sua. A Marinka dona una lunga collana di corallo e argento. Laura riceve una bellissima cornice di filigrana, quella in cui Lule conservava la foto dei suoi figli.

Alle nove e mezza Laura annuncia che deve scappare. Mentre abbraccia tutti quanti, io sgattaiolo in cucina a nascondere le mie lacrime, ma lei mi viene a cercare.

«Scusa, ma odio gli addii» confesso tra un singhiozzo e l'altro.

«Ma che sciocca che sei. Non è mica un addio questo! Continueremo a vederci, e prima o poi ricominceremo le nostre lezioni. Pare che in questi ultimi mesi avete dimenticato tutto quello che vi ho insegnato!».

«Giusto, giusto. Kvindi ricominceremo, ma kvando?» chiede Marinka, che nel frattempo ci ha raggiunto insieme a Lule.

Laura reprime un sorriso. Che Marinka la stia prendendo in giro?

Lule accarezza i biglietti del traghetto che tiene nella borsetta di seta rossa con i draghi d'oro comprata al negozio della cugina di Bocciolo di rosa, e non dice niente.

«Bacioni a tutti! Allora, appena vi siete sistemate mi fate una telefonata. Mi raccomando, vi aspetto» trilla poi Laura uscendo dalla porta.

«*A šta možes*» mormora Marinka. «Dio volendo».

«Ma dove cavolo sono quei *Žuti* e quel *stari*» brontola Bobo, chiedendo a Besim il numero di telefonino dei Fong.

Non appena li nomina, ecco che suonano alla porta. Entra Bocciolo di rosa in un vestitino di seta cinese color turchese con due spacchi vertiginosi, e tutte le lamentele di Bobo svaniscono alla vista delle sue cosce sode e cremose. Bocciolo di rosa irradia la stanza con il suo sorriso, provocandomi un leggero senso di nausea. Che diavolo c'è da sorridere tanto? E perché io non riesco a fingere che vada tutto a gonfie vele come fanno gli altri riuniti nel mio salotto, tra queste pareti bianche e spoglie come una vedova indiana che getta i suoi ornamenti nella pira funebre del marito?

Gli occhi del signor Fong luccicano con una brillantezza che si può attribuire solo a notevoli quantità di grappa di bambù. Indossa una camicia bianca cangiante troppo stretta e un abito scuro troppo largo. Agita in aria una bottiglia di spumante e barcolla verso di noi cantando una ninnananna cinese sottovoce.

«Che ha da essere così contento il vecchio *mania gatti*?» domanda Ashok, imitando la voce decrepita del signor Rosso.

In quel momento ci ricordiamo che manca il vecchio e mandiamo Kamla a chiamarlo di corsa.

«Vincelò, vincelò... Vin-ce-lò!». Il signor Fong sta cantando l'aria della *Turandot*, non una ninnananna cinese come pensavamo. «Abbiamo vinto!» annuncia, cadendo a terra in un pozzo di fresco lino.

Mentre gli altri uomini lo aiutano ad alzarsi e lo depositano sul divano con le molle rotte, Bocciolo di rosa ci rivela il motivo di tanta gioia.

I padroni del Drago d'Oro si sono recati dal notaio del signor Zacchigna junior un'ora fa e hanno rilevato in contanti tutto il palazzo di via Ungaretti 25. Questo vuol dire che non dovremo più traslocare, potremo stare tutti qui e continuare a pagare lo stesso affitto, a patto che nessuno riveli alle autorità che nelle cantine e nell'appartamento vuoto del primo piano c'è un gran viavai di musi gialli.

«Daccoldo? Daccoldo?» ripete Bocciolo di rosa alle sei facce esterrefatte che la circondano.

Alla fine è Besim a rompere il silenzio.

«È troppo tardi per noi» dice sommessamente. «Abbiamo già i biglietti e abbiamo avvisato i parenti che torniamo a casa. I nostri figli ci aspettano».

«Tu potale figli tua in Italia, qui lolo meglio stale» interviene il signor Fong con voce strascicata, ma di nuovo in sé.

«Eh sì, e come li sfamo? Mando Lule a sgobbare dalla mattina alla sera?». Dal tono di Besim capiamo che ha deciso di smettere di lottare. Si è arreso al destino.

«Potrei chiedere al padrone del ristorante se ha bisogno di un cameriere, così vieni a lavorare al Ganesh» propone Ashok.

«Oppure vieni con me ai cantieri. Qualcosa si trova sempre. So che sei ingegnere e ti secca fare lavori bassi come noi, ma con il tempo potrai trovare un lavoro più *bel*» incoraggia Bobo.

«Ma sì, dài. Rimanete con noi. Siamo una grande famiglia ormai, ci aiuteremo l'uno con l'altro». È un coro di voci femminili, e gli occhi di Besim diventano lucidi. Lule piange come una fontana e guarda suo marito con occhi imploranti.

«Vabbè» commenta Besim, «forse posso rimandare la partenza di un mese. Vediamo se nel frattempo trovo qualcosa. Così facciamo venire su i ragazzi».

Stiamo per stappare la bottiglia di spumante, quando rientra Kamla e ci dice che il signor Rosso non risponde, forse sta dormendo.

Bobo insiste che bisogna andare a svegliare il vecchio per comunicargli la bella notizia, ma Lule e Besim dicono che non cambierà niente se gli racconteremo tutto domani. Meglio lasciarlo riposare, ultimamente non ha una bella cera.

Capitolo trentacinquesimo

I festeggiamenti finiscono che oramai è l'alba. Dalla tasca del signor Fong esce un foglio sgualcito e otto bocche lo baciano con fervore come se fosse la reliquia di un santo. È il preliminare del contratto di compravendita del nostro immobile stipulato tra il proprietario del Drago d'Oro e il signor Zacchigna junior, la patente della nostra ritrovata felicità. Ubriachi di gioia, trasciniamo i cartoni stipati sui pianerottoli e sulle scale, straripanti di paccottiglia, nei nostri rispettivi appartamenti. Tra i rumori delle cianfrusaglie e le nostre urla di felicità facciamo un baccano da svegliare anche i morti, ma ci pare comunque un po' strano che la testa del signor Rosso non sbuchi fuori dalla porta a imprecare.
Solo a mezzogiorno scopriamo che il vecchio non dormiva affatto. È morto.
Diventiamo improvvisamente tutti catatonici. Ci sembra quasi di vivere in un film, di guardare la televisione e apprendere la notizia di un decesso in qualche parte lontana del mondo, non nella porta accanto. Giriamo da un appartamento all'altro interrogandoci sul da farsi; non osiamo nemmeno pronunciare la parola morto.
Dopo un po' reagisce Lule. Prende in mano la situazione e contatta la Croce Rossa, perché non abbiamo idea di chi siano i suoi parenti. Besim suggerisce di fare una colletta tra di noi per pubblicare un annuncio mortuario sul *Piccolo*, e nessuno si tira indietro.
Al funerale del vecchio triestino, però, piangono solo

quattro donne e una ragazzina. I nostri consorti, in abiti scuri, indossano espressioni serie e contrite.

Lule torna a casa, va a svuotare il frigorifero del signor Rosso, stacca la corrente e il gas, infila le lenzuola che sono sul letto in un sacchetto da portare alla Caritas e apre le quattro scatole di Whiskas che sono ancora sulla ribaltina ai gatti che aspettano in strada, gli occhi straripanti di fame. Decidiamo di occuparci noi dei felini d'ora in poi, comprando a turno il cibo e mettendoglielo in strada come faceva il signor Rosso.

Dopo la morte del vecchio ci sembra di essere travolti dagli eventi. Siamo tutti molto indaffarati, e forse questo ci aiuta a superare la perdita del nostro coinquilino. È strano come ci manca ora che non c'è più. Per me è come quel brutto neo che ho avuto per anni sul mento e poi mi sono fatta togliere. Per mesi dopo l'intervento andavo a cercarlo con la mano. Mi ero affezionata a quell'imperfezione.

Non sapendo cosa fare con i mobili e gli oggetti personali del vecchio, Lule si limita ad arieggiare la casa ogni settimana e a spolverare i mobili ogni tanto. Nemmeno lei ha molto tempo per badare a queste cose, perché grazie alla contessa Von Klein ha trovato un impiego a tempo fisso come commessa in una boutique di viale XX Settembre. Io sono occupata perché i figli della signora Nevar stanno parecchio male ultimamente – forse sono i denti che spuntano – e devo stare con loro tutto il giorno. Marinka e Bocciolo di rosa sono diventate degli spettri: lavorano sempre e non sono quasi mai in casa.

E poi c'è il nostro progetto per la palazzina. Adesso Besim lavora come capomastro in un cantiere del centro, e sta cercando in tutti i modi di far rientrare anche la nostra casa nel Piano Urban. Così un po' dei soldi che la Comunità Europea ha elargito per il risanamento del centro storico di Trieste forse pioveranno sul nostro tetto, o almeno sulle facciate, che hanno bisogno di un restauro. Questa volta nessuno ci potrà minacciare brandendo parole come abitabilità e impianti fuori norma. Abbiamo presentato la domanda nei tempi stabiliti. Besim preparerà i progetti, Bobo troverà la mano d'opera per eseguire i lavori, il signor Fong fungerà da intermediario, e mio marito sfamerà gli operai mandando pasti caldi dal ristorante e darà una mano a tinteggiare durante il fine settimana. Noi donne siamo già alle prese con campioni di piastrelle e colori per il vano scale e l'interno degli appartamenti.

Dopo tanta tempesta, la fine di marzo porta di nuovo il sereno tra le pareti di via Ungaretti e nel cuore dei suoi inquilini.

Capitolo trentaseiesimo

Una domenica mattina, prima delle otto, qualcuno suona insistentemente a tutti i citofoni.

«No grazie, non abbiamo bisogno di dodici bottiglie di olio extravergìne al prezzo di sei» risponde garbatamente Ashok senza nemmeno domandare chi è.

«Salà polizia, non lispondele. Facciamo finta che non ci siamo» sussurra il signor Fong a sua moglie. «Shh, bambini, fale silenzio!».

«*Sranje*! Andate al diavolo, testimoni maledetti! Ma non *gavè* nient'altro da fare di domenica mattina?» urla Bobo, spaccando i timpani a tutti gli abitanti della strada.

«Sì, chi è?» chiede Besim con precisione chirurgica.

La persona dice qualcosa, ma in quel preciso istante passa il camion annuale della raccolta rifiuti in via Ungaretti e Besim riesce solo a sentire le parole "signor Rosso".

Lule allora indossa la vestaglia, si dà una spazzolata ai capelli e va ad aprire.

Davanti a lei compare un giovane uomo di colore, filiforme, alto un metro e ottanta, vestito con un completo grigio scuro e cravatta rossa. Sul naso perfetto porta degli occhialini da vista con montatura dorata. Avrà circa trent'anni e un portamento distinto che non passa inosservato.

Lule inarca le sopracciglia con aria interrogativa. Prima ancora che lo sconosciuto possa dire qualcosa, però, dietro alle sue spalle Besim annuncia che nella palazzina non ci sono appartamenti da affittare, visto che tutti aspettano da un momento all'altro notizie dei parenti di un inquilino deceduto. Solo dopo si saprà il da farsi.

«Appunto» commenta il giovane di colore in un italiano perfetto. «Mi trovo qui per questo. Sono il nipote del signor Rosso, il figlio di sua figlia Anita».

«Rosso aveva una figlia?». Lule è incredula. Spalanca gli occhi, la bocca e la porta. «E si è sposata con uno di colore?» domanda ancora, facendo cenno al giovane di entrare in casa.

«Per questo ci chiamava tutti sporchi negri. Forse non ha retto al dolore di perdere in questo modo l'unica figlia!» conclude Besim.

Interpretando bene l'espressione dei coniugi albanesi assonnati e le congetture che ronzano loro in testa, dalla tasca della sua giacca immacolata il giovane produce un certificato di nascita. Sul foglio color pisello c'è scritto nero su verde che l'uomo davanti a loro è il figlio della donna nata dall'unione tra la signora Seble Kidane e il signor Alberto Rosso, nato a Trieste il 24 febbraio 1923.

Data l'evidenza schiacciante, Besim invita lo straniero, Giuseppe, a sedersi e prendere un caffè insieme a loro. Dopo aver bevuto qualcosa di caldo forse avrà la mente meno annebbiata, per il momento a Besim sembra solo di aver mangiato un fungo allucinogeno.

Lule invece corre a chiamare le altre donne della palazzina.

Davanti a quattro femmine in dormiveglia e abbigliamento per la casa di vario tipo – *kaftan* color viola, vestaglia con draghi di giada, accappatoio da uomo sbiadito e vestaglia dorata alla Moira Orfei – Giuseppe ci racconta la sua storia incredibile.

Il giovane uomo dalla carnagione color noce, gli occhi di ambra e i folti ricci color del bronzo ci rivela che il nonno, il signor Rosso, si era recato in Etiopia alla fine degli anni Quaranta con una squadra della Croce Rossa e lì, durante la missione per la costruzione di pozzi e di un ospedale, aveva incontrato una donna, Seble. I due si erano follemente innamorati e avevano avuto una figlia, Anita. Ma dopo tre anni il signor Rosso era dovuto rientrare in Italia perché nel frattempo sua madre, vedova, si era gravemente ammalata. Il cuore della vecchia non avrebbe retto alla notizia che il figlio aveva intrecciato una relazione con una donna di colore, e il signor Rosso aveva dovuto abbandonare la sua amata. Per qualche tempo si erano scritti regolarmente, e le sue lettere erano piene di promesse di tornare in Africa o di mandare dei biglietti aerei per far venire la donna e la piccola Anita a Trieste. Per quindici anni la nonna di Giuseppe aveva atteso speranzosa, poi si era arresa alla volontà dei genitori e si era sposata con un cugino, cercando di dimenticare l'italiano bugiardo. Il signor Rosso non aveva più scritto né alla donna né a sua figlia, ma aveva continuato a spedire ogni mese un vaglia per il loro mantenimento. È stato il mancato arrivo del vaglia a insospettire Anita, che ha mandato il figlio in Italia a vedere cosa era successo. Giuseppe da piccolo ha frequentato la scuola italiana ed è uno dei più promettenti neurochirurghi dell'ospedale di Addis Abeba.

Lo fissiamo in silenzio per un lungo momento. Nemmeno in un film indiano ho sentito una storia così incredibile, penso.

Marinka ha gli occhi lucidi. «Sembra una puntata di *C'è posta per te*» commenta.

«Tutti quanti abbiamo degli scheletri nell'armadio» mormora Lule scuotendo la testa.

Bocciolo di rosa aggrotta la fronte e domanda perplessa: «Cosa devo poltale da mio almadio?».

Scoppiamo tutti quanti in una risata liberatoria, e per un breve istante ho la strana sensazione che anche il signor Rosso stia ridendo con noi. Sento la sua risata che va su e giù per le scale come quel giorno in cui ha stretto amicizia con mia figlia.

*

Nessuno di noi può aiutare il giovane medico etiope a risolvere le faccende burocratiche di suo nonno. Non sappiamo se abbia lasciato un testamento, chi fosse il suo avvocato, dove avesse un conto in banca. Sappiamo solo che aveva una casa piena di imponenti mobili neoclassici e una cantina piena di oggetti cupi e mobili altrettanto ponderosi stile impero.

«Forse da qualche parte teneva un libretto di risparmio, oppure un conto corrente» suggerisce Lule porgendo a Giuseppe le chiavi dell'appartamento del nonno. «Non siamo andati a frugare tra i cassetti né a sbirciare tra le sue carte, per paura che un domani qualcuno ci denunciasse per furto o chissà cosa. Sa come vanno le cose da queste parti: in buona fede alzi un dito e ti ritrovi a mangiare arance per cinque anni».

Nonostante la distanza geografica, Giuseppe evidentemente è più avanti di noi in fatto di espressioni idiomatiche, perché coglie l'allusione di Lule e annuisce solennemente. Io, Marinka e Bocciolo di rose ci chiediamo cosa c'entrino gli agrumi in tutto questo, ma non diciamo nulla.

Mentre Giuseppe, sentendo il racconto degli ultimi mesi di vita del nonno, e la storia dell'imminente sfratto che molto probabilmente è stata la causa del suo collasso, ci ringrazia di aver avuto cura di lui e di essere stati così onesti da non ripulire l'appartamento e la cantina, Kamla viene giù per le scale saltando e fischiettando. Indossa un vestitino rosso a balze e ha due code che oscilla felici. Alla vista dello straniero, si ferma di scatto, inclina la testa per scrutarlo, entra e si mette a cantare:

Faccetta nera, bell'abissina
Aspetta e spera che già l'ora si avvicina!

«Scommetto che è stato mio nonno a insegnarle questa canzone!» commenta Giuseppe abbozzando un sorriso. «La nonna mi ha detto che era un grande ammiratore del Duce».

Sentendo le sue parole, mi viene un'illuminazione.

«Kamla!» esclamo. «Che cosa ti stava insegnando ultimamente il signor Rosso? Quale poesia?».

Spiego a Giuseppe che suo nonno si era preso a cuore l'educazione letteraria di mia figlia.

«Moammed Sceab?» chiede mia figlia.

«Chi?» domando io.

«Si chiamava Moammed Sceab» risponde Kamla con compostezza.

«No, tesoro, vogliamo sapere che poesia stavi imparando dal signor Rosso, non da Moammed Sceab». Mi giro verso gli altri, chiedendo scusa e dando una pacca sul sedere a mia figlia. Proprio quando vuoi che i tuoi figli ti facciano fare bella figura, si comportano da sciocchi.

«Si chiamava Moammed Sceab, discendente di emiri nomadi» ripete invece Kamla, guardando fisso negli occhi il giovane di colore per trovare una vaga somiglianza con l'uomo che sta invocando.

«Scusatela, si è appena svegliata» dico io. «Su, Kamla, se non vuoi dirci la verità, sparisci. Vai a casa e finisci la colazione!». Chi diavolo è questo Moammed Sceab, mi chiedo intanto.

Kamla esce dalla casa di Lule con la testa bassa, trascinando i piedi. Con la coda dell'occhio la seguiamo attraverso la porta dell'ingresso rimasta aperta e la vediamo fermarsi sul pianerottolo, davanti all'appartamento del signor Rosso. Io e Giuseppe la raggiungiamo.

«Vuoi entrare, piccola?» chiede il nipote del vecchio.

«Sì, c'è il mio libro dentro» ammette Kamla.

«Quale libro?».

«Quello di Moammed Sceab» sbuffa lei con impazienza.

«Ancora con questa storia!» esclamo. Vedendomi con le mani sui fianchi e gli occhi severi, Kamla mette il broncio.

«Si chiamava Moammed Sceab, discendente di emiri nomadi, suicida, perché non aveva più patria. Amò la Francia e mutò nome...» prorompe come un fiume in piena, scappando su per le scale.

«Aspetta un attimo» esclama Giuseppe. «Conosco questa poesia!».

Kamla si gira a guardarlo con commiserazione.

«È Ungaretti!».

«Allegria» conclude Kamla con voce piatta, entrando in casa e sbattendo la porta.

Giuseppe non se la sente di fermarsi a dormire in casa di suo nonno, che tra l'altro non ha mai conosciuto da vivo. Sua madre conserva solo una foto color seppia di un giovanotto biondo di media statura e di circa trent'anni in un completo da safari, fucile in mano e cappello in testa.

Gli offriamo ospitalità nelle nostre case, ma rifiuta garbatamente, asserendo di aver già prenotato una stanza alla Pensione Centrale. Poi torna per tre giorni di seguito cercando di sistemare le varie questioni burocratiche. Non trovando traccia delle ultime volontà di suo nonno, ci dice che possiamo prendere i suoi mobili se abbiamo piacere. Non intende trasportarli in Etiopia né ha voglia di mettersi a venderli.

Lule è contentissima e si prende quelli che presumo siano i pezzi più pregiati. Noialtri prendiamo qualche oggetto solo per non sembrare scortesi. Non è che si addicano ai nostri spazi questi enormi pezzi di legno scuro. Anzi, la credenza che scelgo soffoca subito il soggiorno, rendendolo cupo e ammuffito.

Marinka ci suggerisce di vendere tutto quello che c'è nella cantina per poi spartirci il ricavato, ma lo sguardo di Lule le fa abortire quel pensiero all'istante.

«Questi oggetti sono inestimabili! Se li vendi a un rigattiere ti darà un bianco e un nero. Quando imparerai ad apprezzare le cose belle e di valore, Marinka?».

«Quando anch'io avrò una bella villa a Durazzo. Allora sì che mi premurerò di acculturarmi sull'antiquariato» non può fare a meno di ribattere Marinka, le penne tutte arruffate.

I tempi sono cambiati, ma quelle due battibeccano sempre. Lule continua a darsi delle arie da gran dama, tanto che nella boutique si lamenta sempre che le acquirenti hanno meno gusto di una contadina albanese. Dal canto suo, Marinka arde dalla voglia di chiedere perché tarda tanto a far arrivare i figli in Italia. Solo la mia insistenza a ribadire che ci sono mille carte da fare per l'espatrio tiene a freno la sua lingua tagliente.

Vista la mancanza di un testamento, per dare esecuzione ai provvedimenti di legge in materia di eredità ci vorrà un po' e Giuseppe decide di tornare nel frattempo ad Addis Abeba. Ha trovato il libretto della Cassa di Risparmio di Trieste tra le pagine della *Ragazza di Petrovia* di Tomizza ed è quasi svenuto vedendo il saldo. Il vecchio Rosso aveva risparmiato più di un miliardo di vecchie lire!

Il nipote ha saldato il conto dell'affitto arretrato con i Wong, i nostri nuovi padroni di casa, e ha lasciato un deposito per qualche mese ancora. Quando il testamento diventerà esecutivo, tornerà per chiudere il conto in banca. Forse allora porterà con sé la mamma Anita, e insieme si fermeranno per qualche settimana nell'appartamento del nonno.

Capitolo trentasettesimo

Ed eccoci ancora nella nostra palazzina di via Ungaretti. Tutto è tornato alla normalità. Lule ha ricominciato a rimproverare Marinka per i suoi baffi e la sua camminata da uomo primordiale. Marinka ha ripreso a imprecare in bosniaco e si è scordata di nuovo di come si pronuncia la lettera "q". Bocciolo di rosa non lotta più per arrotolare la sua lingua in dolci onde su cui fare surf con la "r". Io ho ricominciato a sbagliare tutti i generi. Abbiamo tutte concordato, quindi, che era venuta l'ora di riprendere le nostre lezioni di italiano con Laura.

Ed è proprio un pomeriggio in cui la nostra maestra è intenta a svelarci la magia del congiuntivo che Kamla entra nel salotto squittendo.

«Mamma, ho trovato una poesia scritta dal signor Rosso! Era nella piega della copertina dell'ultimo libro che mi ha regalato».

«Sì, va bene, tesoro. La vediamo dopo» annuisco.

«Ma no, fagliela legge-re adesso», dice Bocciolo di rosa, rossa in viso dallo sforzo.

A dire la verità siamo tutte stanche e un po' apatiche e nessuna ha voglia di studiare, perciò lasciamo volentieri la scena a mia figlia.

«S'intitola FILASTROCCA PER UN TESTAMENTO» dichiara Kamla, e attacca a declamare:

È arrivato il mio dicembre
Ma prima della bufera

con penna nera
scrivo questa.

Al mio gennaio
Anita di nome
Lascio tutto
Basta non domandare come
mai.

Febbraio è freddo
e maledetto
Non sono padrone
del mio tetto.

Marzo è pazzo
come me
Lascia che se ne vada,
senza dargli troppo bada.

Al mio aprile
La mia primavera
Camilla
Lascio la mia collezione di libri, intera.

I mesi di mezzo
sono della fatica
Si semina, si raccoglie
Chi lo fa bene
Chi per disperazione
Chi per compassione.

Per l'erba selvaggia
c'è solo una cura
Una mano sempre tesa
a strappare
un sorriso dalle labbra.

Per questa grassa mietitura
ringrazio via Ungaretti intera.

Il vecchio è morto
fate la festa
E fatevi bastare
ventimila euro a testa.

A novembre, l'ultimo pensiero.
Pure agli amici felini
ventimila scellini.

Lucidamente vostro,
Alberto Rosso
Trieste, 20 dicembre 2003

Quattro paia di occhi la guardano fissa. Quattro paia di mani si gelano. Quattro paia di gambe si immobilizzano.

«Kosa? Kvando scritto kvesto? Kvindi?». Per prima esce dal torpore Marinka.

«Non ci cledo. Non ci cledo» aggiunge Bocciolo di rosa.

«Kamla, hai letto bene questo lettero?» chiedo a mia figlia.

«Ragazze! Ragazze! Che diavolo vi succede? Ma come vi esprimete? Dio bono, le quattro allieve più *muss* di questa terra mi dovevano capitare!» esclama Laura spazientita.

«Se non sto sognando, datemi un calcio negli stinchi» prorompe Lule ignorandola completamente.

L'indomani sulle gambe di Lule fanno capolino tre enormi lividi blu.

Ringraziamenti

Per la consulenza linguistico-culturale sono in debito con Milena Babić, Djorde e Simone Ortega della Scuola Superiore di Lingue Moderne per Interpreti e Traduttori dell'Università di Trieste, dove ho il privilegio di insegnare.

Ringrazio Giovanna Falcioni per i suoi preziosi consigli, Armando Gnisci e tutti quelli che lottano affinché la letteratura migrante trovi più spazio sugli scaffali delle librerie, Noberto Lombardi, Franca Sinnopoli, Silvana Sanlorenzo, Graziella Falconi, tutta la giuria e l'organizzazione del premio letterario Popoli in Cammino 2006.

Grazie a tutta la casa editrice.

Grazie anche a Dina, Noris, Alida e Giorgio e infine grazie a Tullio, la mia roccia.

Nota sull'Autrice

Laila Wadia, nata a Bombay nel 1966, vive a Trieste. Narrastorie, traduttrice e interprete, lavora come collaboratrice linguistica all'Università di Trieste. Scrive, in inglese da sempre e in italiano da qualche anno, per bisogno atavico e perché crede fermamente che l'umanità sia un unico volume, parafrasando un verso del poeta inglese John Donne.

Indice

7	Capitolo primo
10	Capitolo secondo
11	Capitolo terzo
13	Capitolo quarto
14	Capitolo quinto
19	Capitolo sesto
22	Capitolo settimo
26	Capitolo ottavo
28	Capitolo nono
32	Capitolo decimo
36	Capitolo undicesimo
38	Capitolo dodicesimo
46	Capitolo tredicesimo
52	Capitolo quattordicesimo
54	Capitolo quindicesimo
58	Capitolo sedicesimo
63	Capitolo diciassettesimo
67	Capitolo diciottesimo
71	Capitolo diciannovesimo
73	Capitolo ventesimo
81	Capitolo ventunesimo
93	Capitolo ventiduesimo
97	Capitolo ventitreesimo
100	Capitolo ventiquattresimo
102	Capitolo venticinquesimo
105	Capitolo ventiseiesimo
107	Capitolo ventisettesimo

108 Capitolo ventottesimo
109 Capitolo ventinovesimo
111 Capitolo trentesimo
115 Capitolo trentunesimo
116 Capitolo trentaduesimo
118 Capitolo trentatreesimo
120 Capitolo trentaquattresimo
125 Capitolo trentacinquesimo
128 Capitolo trentaseiesimo
135 Capitolo trentasettesimo

141 *Nota sull'Autrice*

tascabili

1. C. Wolf, *Cassandra*
2. R. M. Rilke, *Due storie praghesi*
3. B. Hrabal, *Treni strettamente sorvegliati*
4. L. Tolstoj, *Il diavolo e altri racconti*
5. AA.VV., *Dall'est*
6. G. Fofi, *Prima il pane*
7. K. Brandys, *Rondò*
8. C. Hein, *L'amico estraneo*
9. J. Potocki, *Viaggio in Egitto, Turchia e Marocco*
10. M. Ageev, *Romanzo con cocaina*
11. F. Langer, *Leggende praghesi*
12. G. Cherchi, *Basta poco per sentirsi soli*
13. I. Örkény, *Novelle da un minuto*
14. A. Čechov, *Racconti umoristici*
15. M. Twain, *Racconti comici*
16. I. Turgenev, *Racconti fantastici*
17. B. Hrabal, *Ho servito il re d'Inghilterra*
18. L. Perutz, *Di notte sotto il ponte di pietra*
19. AA.VV., *Leggere gli anni verdi*
20. G. Giudici, *Andare in Cina a piedi. Racconto sulla poesia*
21. C. Wolf, *Il cielo diviso*
22. M. Haushofer, *La parete*
23. M. Cvetaeva, *L'Accalappiatopi*
24. J. Černá, *In culo oggi no*
25. T. Pynchon, *Entropia*
26. N. Algren, *Le notti di Chicago*
27. W. Shawn, *La febbre*

28. M. Twain, *L'uomo che corruppe Hadleyburg*
29. C. Wolf, *Nel cuore dell'Europa*
30. D. Starnone, *Sottobanco*
31. B. Hrabal, *La tonsura*
32. L. Pirandello, *L'imbecille e altri racconti*
33. F. Carbone, *Reporter verde*
35. M. Lombezzi, *Cieli di piombo*
36. G. Fofi, *Benché giovani*
37. Colette, *Claudine a Parigi*
38. J. C. Oates, *Un'educazione sentimentale*
39. E. O'Brien, *La ragazza dagli occhi verdi*
40. C. Wolf, *Recita estiva*
41. E. Salgari, *La bohème italiana*
42. G. Bechi, *Caccia grossa*
43. S. Soldini, *Un'anima divisa in due*
44. C. Wolf, *Premesse a Cassandra*
45. M. Haushofer, *Un cielo senza fine*
46. A. Daudet, *Saffo*
47. E. Zola, *Per una notte d'amore*
48. E. Rostand, *Cirano di Bergerac*
49. M. Kuzmin, *Vanja. Un'educazione omosessuale*
50. K. Brandys, *Hotel d'Alsace e altri due indirizzi*
51. J. Conrad, *I duellanti*
52. A. Čechov, *La signora col cagnolino*
53. C. Hein, *Il suonatore di tango*
54. *Rose d'Irlanda. Racconti di scrittrici irlandesi*
55. *Rose Ispano Americane. Racconti di scrittrici dell'America Latina*
56. F. Mistral, *Racconti e leggende provenzali*
57. AA.VV., *Il paese nascosto. Storie di volontariato*
58. *Rose del Canada. Racconti di scrittrici canadesi*
59. *Rose d'Israele. Racconti di scrittrici israeliane*
60. C. Wolf, *Trama d'infanzia*
61. E. Monteleone, *La vera vita di Antonio H.*
62. L. Tufani, *Leggere donna*
63. B. Balázs, *Il libro delle meraviglie. Fiabe taoiste*

64. AA.VV., *Mi riguarda*
65. E. O'Brien, *Le stanze dei figli*
66. A. Szerb, *La leggenda di Pendragon*
67. B. Hrabal, *La cittadina dove il tempo si è fermato*
68. H. de Balzac, *Il colonnello Chabert*
69. N. Müller, *Perché questo è il brutto dell'amore*
70. Christa Wolf, *Sotto i tigli*
71. *Rose d'Oceania. Racconti di scrittrici australiane, maori e neozelandesi*
72. E. O'Brien, *Ragazze nella felicità coniugale*
73. *Rose del Giappone. Racconti di scrittrici giapponesi*
74. *Rose di Russia. Racconti di scrittrici russe*
75. M. Serao, *La virtù di Checchina* e *Terno secco*
76. A. Seghers, *Transito*
77. G. Fofi, *Più stelle che in cielo*
78. *Rose d'India. Racconti di scrittrici indiane*
79. AA.VV., *Si può!*
80. A. Hacke, *Panini amari*
81. U. Barzaghi, *Senza vergogna*
82. L. Levi, *Se va via il re*
83. S. Besio-M.G. Chinato, *L'avventura educativa di Adriano Milani Comparetti*
84. E. Ferrante, *L'amore molesto*
85. B. Hrabal, *Un tenero barbaro*
86. E. O'Brien, *Lanterna magica*
87. M. Carlotto, *Il fuggiasco*
88. N. West, *Signorina Cuorinfranti*
89. B. Hrabal, *Paure totali*
90. B. Tammuz, *Il frutteto*
91. S. An-Ski, *Il Dibbuk*
92. L. Levi, *Una bambina e basta*
93. C. Wolf, *Guasto*
94. AA.VV., *Rose di Grecia. Racconti di scrittrici greche*
95. AA.VV., *Rose di Scozia. Racconti di scrittrici scozzesi*
96. S. Nassib, *Ti ho amata per la tua voce*
97. B. Ventavoli, *Pornokiller*

98. A. Szerb, *Il viaggiatore e il chiaro di luna*
99. Fofi-Lerner-Serra, *Maledetti giornalisti*
100. B. Tammuz, *Il minotauro*
101. G. Csáth, *Oppio e altre storie*
102. F. Molnár, *Danubio blu*
103. A. Platonov, *Il mare della giovinezza*
104. F. Iskander, *Il tè e l'amore per il mare*
105. M. Carlotto, *La verità dell'Alligatore*
106. B. Ventavoli, *Amaro Colf*
107. D. Conoscenti, *La stanza dei lumini rossi*
108. V. Nezval, *Valeria e la settimana delle meraviglie*
109. G. Belli, *Sofía dei presagi*
110. L. Ulickaja, *Sonja*
111. T. Pynchon, *L'incanto del lotto 49*
112. B. Hrabal, *L'uragano di novembre*
113. S. Lambiase, *C.G.D.C.T.*
114. E. Allgöwer, *La tigre e il monaco buddista*
115. M. Carlotto, *Le irregolari. Buenos Aires Horror Tour*
116. G. Belli, *Waslala*
117. M. Carlotto, *Il mistero di Mangiabarche*
118. J.-C. Izzo, *Casino totale*
119. B. Tammuz, *Requiem per Naaman*
120. G. Belli, *La donna abitata*
121. J. M. de Prada, *Coños (Fiche)*
122. S. Scoppettone, *Tutto quel che è tuo è mio*
123. J. C. Oates, *Figli randagi*
124. J.-C. Izzo, *Chourmo. Il cuore di Marsiglia*
125. Y. Khadra, *Morituri*
126. S. Scoppettone, *Vendi cara la pelle*
127. M. Carlotto, *Nessuna cortesia all'uscita*
128. P. J. Gutiérrez, *Trilogia sporca dell'Avana*
129. C. Wolf, *Medea*
130. Y. Khadra, *Doppio bianco*
131. V. Aiolli, *Io e mio fratello*
132. P. J. Gutiérrez, *Il re dell'Avana*
133. S. Liebrecht, *Prove d'amore*

134. A. Langer, *La scelta della convivenza*
135. A. B. Yehoshua, *Ebreo, israeliano, sionista: concetti da precisare*
136. don L. Milani, *La ricreazione*
137. V. Serge, *Memorie di un rivoluzionario; 1901-1941*
138. J. C. Oates, *Un'educazione sentimentale*
139. M. Carlotto, *Il corriere colombiano*
140. B. Tammuz, *Londra*
141. M. Moser, *L'isola delle cameriere*
142. J.-C. Izzo, *Solea*
143. L. Levi, *Quasi un'estate*
144. E. Chimenti, *Al cuore dell'harem*
145. J. M. de Prada, *La tempesta*
146. P. Teobaldi, *La discarica*
147. R. Kapuściński, *Il cinico non è adatto a questo mestiere. Conversazioni sul buon giornalismo*
148. K. Vonnegut, *Divina idiozia. Come guardare al mondo contemporaneo*
149. D. Macdonald, *Masscult e Midcult*
150. M. Carlotto, *Arrivederci amore, ciao*
151. G. Belli, *Il paese sotto la pelle*
152. S. Scoppettone, *Vacanze omicide*
153. C. Wolf, *Riflessioni su Christa T.*
154. L. Levi, *Tutti i giorni di tua vita*
155. Y. Martel, *Io, Paul e la storia del mondo*
156. AA.VV., *Ho visto*
157. M. Hong Kingston, *La donna guerriera*
158. C. Hein, *La fine di Horn*
159. S. Scoppettone, *Ti lascerò sempre*
160. P. J. Gutiérrez, *Animal tropical*
161. M. Carlotto, *Il maestro di nodi*
162. S. Aleksievič, *Preghiera per Černobyl'*
163. L. Levi, *L'albergo della Magnolia*
164. J.-C. Izzo, *Marinai perduti*
165. A. Ndione, *Vita a spirale*
166. S. Scoppettone, *Donato & figlia*

167. J.-C. Izzo, *Il sole dei morenti*
168. V. Heinichen, *I morti del Carso*
169. A. Kourouma, *Allah non è mica obbligato*
170. E. Keret, *Pizzeria Kamikaze*
171. M. Carlotto, *L'oscura immensità della morte*
172. A. Sebold, *Lucky*
173. V. Gebbia, *Estate di San Martino*
174. S. Scoppettone, *Tu, mia dolce irraggiungibile*
175. S. Caracci, *Sylvia*
176. E.-E. Schmitt, *Piccoli crimini coniugali*
177. A. Kourouma, *Aspettando il voto delle bestie selvagge*
178. S. Nassib, *L'amante palestinese*
179. P. J. Gutiérrez, *Trilogia sporca dell'Avana*
180. E. Keret, *Le tette di una diciottenne*
181. V. Heinichen, *Morte in lista d'attesa*
182. E. Ferrante, *La frantumaglia*
183. J.-C. Izzo, *Vivere stanca*
184. E.-E. Schmitt, *La parte dell'altro*
185. S. Scoppettone, *Cattivo sangue*
186. V. Heinichen, *A ciascuno la sua morte*
187. P.J. Gutiérrez, *Carne di cane*
188. M. Carlotto, *La terra della mia anima*
189. B. Gowdy, *Romantica*
190. A. Pavignano, *Da domani mi alzo tardi*
191. E.-E. Schmitt, *Odette Toulemonde*
192. E. Ferrante, *La figlia oscura*
193. P. J. Gutiérrez, *Il nido del serpente*
194. L. Wadia, *Amiche per la pelle*
195. M. Meimaridi, *Le streghe di Smirne*
196. M. Carlotto – M. Videtta, *Nordest*
197. E. Ferrante, *I giorni dell'abbandono*
198. E.-E. Schmitt, *Monsieur Ibrahim e i fiori del Corano*
199. P. Di Cara, *Isola nera*
200. C. Wolf, *Nessun luogo. Da nessuna parte*
201. V. Heinichen, *Le lunghe ombre della morte*
202. C. Wolf, *Che cosa resta*

203. T. Perrotta, *L'insegnante di astinenza sessuale*
204. M. Barbery, *Estasi culinarie*
205. A. Sebold, *La quasi luna*
206. M. Carlotto, *Cristiani di Allah*
207. E.-E. Schmitt, *La sognatrice di Ostenda*
208. V. Heinichen, *Danza macabra*
209. V. De Laurentiis – A. M. Strick, *Rivoglio la mia vita*
210. L. Santoro, *Il mio cuore riposava sul suo*
211. L. Ferri, *Cecilia*
212. J. Madrid, *Mele marce. Marbella Noir*
213. M. Carlotto & Mama Sabot, *Perdas de Fogu*
214. V. Kondor, *Budapest Noir*
215. L. Levi, *L'amore mio non può*
216. L. Marouane, *Vita sessuale di un fervente musulmano a Parigi*
217. AA. VV., *L'unità d'Italia. Pro e contro il Risorgimento*

Finito di stampare il 24 marzo 2011
presso Arti Grafiche La Moderna
di Roma